レジェンドノベルス エクステンド
LEGEND NOVELS EXTEND

滴水古書堂の名状しがたき事件簿

眠れぬ人の夢

contents

滴水古書堂の名状しがたき事件簿

眠れぬ人の夢

エピソード1

時代の墓碑銘

滴水古書堂《てきすいこしょどう》の売り上げは、その八割以上が電話やメールによる注文が占めている。いかんせん扱っている本には特殊なものが多く、お洒落《しゃれ》なホームページもなければ、SNSで積極的に宣伝しているわけでもない。だから店の存在を知らない人は今後も知る機会がないだろうし、元々知っている人はわざわざ店舗に足を運ぶ必要もない。

ただもちろん、偶然店舗の前を通りかかり、胡散臭《うさんくさ》さ極まる雰囲気に惹《ひ》かれて迷い込む人もいる。大抵は冷やかしだが、中には怪しげな装丁や本の中身を気に入って、インテリア代わりに買う人もいる。

季節は夏の盛りを迎えていた。日中の熱射がようやく和らいできた夕方のこと、私は効きの悪いエアコンと扇風機を併用しながら、薄めたスポーツドリンクのボトルを傍らに置き、気だるい店番をこなしていた。先日、長野山中で体験したことの記憶は、未《いま》だ脳裏に色濃く残り、私の決して多くはない正気部分をじわじわと侵食し続けている。

そういった心穏やかでない物思いに耽《ふけ》っていたため、私は店を訪れた男性に向けて、つい不躾《ぶしつけ》な目を向けてしまった。また冷やかしの客か、という若干の侮《あなど》りもあった。

「えーと……こんにちは」

入ってきた男性は一瞬戸惑ったような顔をしたあと、頭を下げた。私もカウンターの後ろから軽く会釈を返す。

薄汚れたチノパンに、水色のワイシャツ。顔や二の腕は真っ黒に日焼けしているが、体つきからして肉体労働者ではなさそうだ。彼は一度店の外に出て、壁にかけてある看板を確認した。私の姿を見て、違う店を訪れてしまったのではないか、と疑ったのかもしれない。結局、彼は間違いなく滴水古書堂の客だったようで、再び店内に入ってカウンターまでやってきた。

「ボクは乾《いぬい》という者なんですが、古戸《ふるど》はいますか」

男性は言った。

「今、奥で休憩中ですけど、呼んできますよ」

「どうも」

私は人懐こそうな笑顔を見せた乾さんに一人用ソファを勧め、店舗奥の住居部分に立ち入った。古戸さんはこの時間、居間で昼寝をしていることが多い。白衣をタオルケット代わりにして畳に転がり、意味不明の寝言を呟《つぶや》き続ける彼に声をかけ、反応しない怠惰な身体《からだ》を強めに揺さぶる。

「お客さんです」

ゆっくりと覚醒した古戸さんは手探りで傍らの眼鏡を装着し、寝癖のついたぼさぼさ頭を掻《か》きながら身を起こした。

「どちらさん？」

「乾さんって男の人です」

「ああ……、はいはい。中に入ってもらって。店はもう閉めちゃっていいから」

どうやら知り合いであるらしい。

私は店舗で待っていた乾さんを招き入れ、居間に通した。お茶を出し、店の締め作業を終え、帰ろうとしたところで古戸さんに呼び戻される。

「なんか面白い話があるってさ。せっかくだから聞いていきなよ」

「はあ」

あまりいい予感はしなかったが、特段急ぎの用事もない私は、促されるまま居間に顔を出した。

クーラーを効かせた八畳ほどの和室には、滅多に使われないテレビ、中央にある漆塗りの座卓、その上に載ったノートパソコンなどがある。これらが占めるスペースは最低限だが、隙間を埋めるように古戸さんの蔵書が積まれているため、部屋の居心地はあまり良くない。これらは不注意な接触や軽い地震が起きるたびにどこかしらで雪崩《なだ》れ、しばしば空間のエントロピーを無意味に増大させる。

テーブルについた私は、乾さんと互いに自己紹介をした。

それによると、乾さんは県内の大学で講師を務める考古学者で、特に古墳時代より前の日本史を研究しているとのことだった。古戸さんとは大学の同期で、商売上のつきあいはほとんどないが、機会があればたまに顔を合わせる程度の間柄。しかし今回がたまたまの機会なのかというと、どうもそうではないらしい。

「相変わらず酒を飲んでるのか。ちょっと臭うぞ」

古戸さんが言った。彼は酒を飲まない。アルコールが含まれる食品にも滅多に手をつけない。思考が鈍るから嫌いなのだと以前話していた。

「依存症一歩手前まで行ったから止めてたが、最近、飲まずにはいられない出来事が起こった」

「なんだそりゃあ」

「これを見ろ」

乾さんはどこからか取り出したタブレットに画像を表示させ、テーブル越しに差し出した。私と古戸さんは身を乗り出してそれを覗《のぞ》き込《こ》む。

「メールとかでいいのに」

「まあそう言うな」

映っていたのは金属の板だった。比較用に置かれているボールペンから判断すると、縦横五十センチ程度の正方形。表面には文字のようなものが刻まれているが、もちろん現代日本語ではなかった。かといって漢字や甲骨文字にも見えない。

「ボクはこないだまで山梨の山中で縄文遺跡の発掘をしてたんだけど、これはそこで見つかったものだ」

彼が日焼けしているのは、屋外での発掘作業ゆえか。納得する私をよそに、古戸さんは早くも話に引っかかりを覚えたようだった。

「縄文時代に金属加工の技術なんてないんじゃないか」

「もちろんない。古代のギリシャや西アジアにはあったが、日本で本格的に金属が利用されはじめたのは弥生時代だ。ほら、銅鐸《どうたく》とか銅鏡とかあるだろ?」

銅鏡という言葉に私は一瞬どきりとしたが、乾さんはそれに構わず話を続ける。

「しかもこれを見ろ。何千年も埋まっていたにしては、腐食が少ないと思わないか。これは明らかに青銅じゃない。詳しくはまだ分からないが、鋼の一種だろう。しかしご存じのとおり、鉄や鋼は青銅より精錬も加工も難しい。ステンレス鋼の発明に至っては二十世紀に入ってからだ。ボクはオーパーツという言葉はあまり好きじゃないが、これは間違いなくそういう種類の遺物だよ」

彼は専門分野のことになると、相手の反応を無視して一方的にまくしたてる人間のようだ。研究者としては、別段珍しいタイプでもないのだろうが。

「あの――」

私がしようとした質問も遮って、乾さんは徐々に加速していく。

「もちろん、これがフェイクなんじゃないかと言いたい気持ちになるだろう。しかしこの現場は車が入れるところから、山道を十五分も歩いた先にあるんだ。仮にこの金属板が純鉄で、厚さ十センチと仮定すると、五十センチ二乗で二万五千かけることの比重およそ八として、二百キロもあることになる。これはネコ――手押し車を使ったとしても運べるものじゃない。歩荷《ぼっか》を雇ったとしても無理だろう」

「そもそも――」

「これは日本史、いや世界史上の極めて重要な発見であるはずなんだ。そうでなくとも、大いなる謎を投げかけるものだろう。しかし信じられないことに、ボクがこれを発見した直後、大学当局から調査の中止命令が下ったんだ。表向きは土砂崩れだかの安全上の理由だったが、そんなので納得できるわけがない。これが飲まずにやってられると思うか」

乾さんが一息ついたとき、古戸さんが軽く手を上げた。さすがにつきあいが古いだけあって、タイミングを心得ている。

「山の中に縄文遺跡があるっていうのが不思議じゃない？　普通は平地とか水辺の傍《そば》とかに立地するような気がするんだけど」

「そうとも限らないんだが、この場合は真っ当な指摘だ。気候や植生が多少変化したとしても、敢《あ》えてあの地形あの場所に集落を作るメリットはない。だからこそわざわざ発掘に赴いたわけでね。ここでは土偶も出てきたんだけど、その形は周辺で見つかったそれよりも細く、手足が長かった。これはなんらかの宗教的な意味づけがあると思うんだが、調査ができないことには……」

「すればいいじゃないか」

「やっぱりそうだよな！」

乾さんは拳をぐっと握りしめ、満面の笑みで声を荒らげた。

「ちょっと待ってください。研究者が盗掘なんてしていいんですか」

私は言った。ごくごく常識的な意見だと思うが、男二人はそれを聞くと、子供のわがままを諭すときのような顔をした。

「彼の立場を心配する気持ちは分かるよ楠田《くすだ》さん。でも乾はこうと言ったら聞かない男だから……」

「うんうん。この想《おも》いは薄っぺらい保身で止められるようなものじゃない。大学を辞めさせられたら、塾講師でもやればいいいんだ。それにお嬢さん、君は現代のシュリーマンになりたくはないのか？」

「乾さんの立場を心配してるわけじゃないです」

「ともかく、一個人で調査するのはさすがに限界がある。だからボクは君らに是非とも協力してほしいと思ってるんだ。もし来てくれるというならば、今週末にでも山梨に行こう」

協力してほしいと言いつつ、選択の余地を与えるつもりはないようだ。あれよあれよという間に日取りや集合時間が決められていく。参加メンバーの中には、当然のように私も含まれていた。この乾という人物、はじめは少し変わっているだけかと思っていたが、古戸さんに負けず劣らず危険な行動力を持つ男らしい。

「ボクは前泊して下見をしておくから、君たちはゆっくり来るといい。山中といってもそれほど険しくはないから、普段着で大丈夫だ」

この強引さはどうかと思うが、まあいい。大学関係者についていって遺跡に不法侵入するくらい、これまでの所業に比べれば、ちょっとした悪戯《いたずら》のようなものだ。私は麻痺《まひ》しつつある良心にそこはかとない危機感を覚えながらも、なし崩し的に週末の山梨行きを承諾した。

*

私と古戸さんは土曜の朝に横浜を出発し、中央自動車道を使って山梨へと向かった。夏休みシーズンであるため所々で渋滞に巻き込まれ、あまり快適な行程にはならなかった。

以前使っていたライトバンは外穂村《そとほ》から戻ってこなかったので、白のセダンをレンタルすることになった。今回は無事に返却できることを祈るばかりだ。

乾さんとは遺跡の近くで合流する予定になっていた。私たちは午前十時ごろに甲府《こうふ》市街を通り過ぎ、そこからさらに三十分ほど車を走らせる。

「カーナビ的にはこのあたりかな……」

緑の山野を貫く県道を走りながら、登山口らしきものを探す。特にランドマークがあるわけでもないので、地図を見てもどこが目的の場所なのか分かりづらい。

「麓で合流してから来るべきだったんですよ」

私は文句を言ったが、今更嘆いてどうなるものでもない。

しばらくして私たちは道端に停《と》められた軽自動車を見つけた。乾さんのものだろうと見当をつけたが、その近くには見知らぬバイクもある。傍には持ち主らしき人物もいた。見事なブロンドの髪を持つ背の高い女性だ。薄手のトレッキングウェアに包まれた身体はほどよく引き締まり、活発でスポーティーな印象を受ける。

「お仲間ですかね？」

「特に聞いてないけどそうかもね」

私はセダンの速度を緩め、バイクから四、五メートルの場所に車を停めた。こちらを不思議そうに窺《うかが》う女性を意識しながら、車から降りて荷物を取り出す。

現地の標高は四百メートルほど。甲府市街よりほんの少し温度は低いが、涼しいというほどではない。私は日差しを避けるための帽子を被《かぶ》ってから、あたりを見回した。

「乾さん、いないですね」

「我慢できずに行っちゃったんじゃない」

「私たち、遺跡の場所分からないのに」

「彼にはそういうところがある。あの女の人が案内してくれるのかもよ」

そう言って古戸さんは女性に歩み寄り、気安い態度で声をかけた。

「どうもー」

「こんにちは」

女性の顔立ちは明らかに白人《コーカソイド》のそれだったが、挨拶はごく自然な日本語だった。しかしこちらに対する反応には、どこか戸惑ったような感じがあった。

「君、乾の友達？」

「イヌイ？　いえ、ワタシはこの上に用事があって来ました」

「遺跡でしょ？　じゃあ一緒だよね」

「え？」

「ん？」

古戸さんと女性は互いに首をかしげた。私は話がこじれる前にと割って入る。

「すみません。私たち、乾さんという人と待ち合わせをして、この上にある……発掘現場に行く予定なんです。えーと」

「ああ、ワタシ、ヴェロニカといいます。ヴェロニカ・フランチェスカ」

私は彼女が差し出した手をおずおずと握る。このあたりの作法は欧米風だ。

「どうも。楠田由宇子《ゆうこ》といいます。ヴェロニカさんは、乾さんに呼ばれたわけではないんですよね？」

「違います。ワタシはこの先にあるサタンの遺跡を調査しにきたのです」

「……なんの遺跡？」

「サタンです」

ヴェロニカは声に力を込めて言い放った。

私は思わず顔をひきつらせる。まったく予想外のところから頭を殴られた気分だった。彼女の瞳はまっすぐで、ジョークを言っている風でもない。話を整理するつもりが、ややこしいことになってきた。

「ねえ君、遺跡の詳しい場所は分かる？」

古戸さんはサタンという単語にも眉一つ動かさない。

「はい。ＧＰＳがありますから」

「僕らもそこに行く予定なんだけど、ついていってもいい？」

ヴェロニカは少し悩むような素振りを見せたあと、爽やかな笑顔で頷《うなず》いた。

「分かりました。ここで会ったのも主の御導きでしょう」

「助かるよ」

早々に合意が形成され、二人は元々パーティーであったかのように揃《そろ》って踵《きびす》を返《かえ》し、並んで歩きはじめた。その先には山奥へと続く簡素な登山道がある。

「ちょ、ちょっと……」

ちぐはぐさが一切正されないまま物事が進んでいくことに、私は軽い混乱を覚えた。抗議したり思考をまとめたりする時間が欲しかったが、残念ながらそれは与えられそうになかった。とはいえ、このまま佇《たたず》んでいれば置き去りにされてしまう。

仕方ない。私はため息をついて荷物を背負い直し、小走りで二人のあとを追った。

＊

発掘現場までの登山道は、当然ながら観光地のそれと大きく異なっていた。舗装は一切されておらず、小道があるわけでもない。せいぜい下草が除去され、道標が設置されているくらいのものだ。急な斜面にのみ、黒っぽい金属の棒が埋められ、簡易な階段となっていた。そして周囲の広葉樹が伸ばした根や枝が、しばしば進行の邪魔となる。乾さんが否定したとおり、数百キロの金属板を担いでここを登るのは、かなり現実離れした作業だと言えた。

そんな道中で試みた懸命な異文化コミュニケーションの結果、私たちはヴェロニカの素性をほんの少しだけ知ることができた。

彼女の両親はアメリカ人だが、自身は日本生まれ日本育ち。現在は東京にある私立大学の三年生で、とある秘密の――「それだけは言えません」とのこと――修道会に所属している。今回の遺跡については、より上位の修道会メンバーから情報を得たらしい。

サタンと修道会に関することを考慮の外に置けば、ヴェロニカは中々の好人物だった。親切で、忍耐強く、相手を尊重する。少し行動を共にしただけでも、体力に乏しい古戸さん、社交性が今一つな私への気遣いが随所に見られた。

以降、私は彼女をヴェラと呼ぶことにした。そうしてほしいと言われたのもあるし、年下相手にかしこまり続けるのも妙だと思ったからだ。

しばらくの間は穏当な会話が続いた。しかし結局のところ、サタンの話を避けて通ることはできなかった。私たちの目的と彼女の目的はどのように交錯するのか。それを確かめておかなければ、今後不要な齟齬《そご》を生みかねない。

「ヴェラ、サタンっていうのは具体的になにを指すの？」

私は先頭をゆっくりと進む彼女に尋ねた。ペースは最後尾に続く古戸さんに合わせている。本来ならば、もう三割は速く進めるだろう。ヴェラは私と同じかそれ以上にタフだった。脚も長い。

「ワタシたちは、遥《はる》か太古より世界に潜み、人類に敵対する存在をサタンと呼びます。それは山羊《やぎ》の頭とか、蝙蝠《こうもり》の羽とか、三叉の鉾《トライデント》とか、そういう姿で描かれるような、抽象的な存在ではありません。邪悪ではありますが、牛や魚と同じ生命体です。それは狡猾《こうかつ》に潜伏しているのです。例えば水の底、地下空間、山岳や森林、ときとして人間社会にも」

「人に化けることもある？」

「そのように聞いています」

私は以前、島の洋館で遭遇した吸血鬼のことを思い出した。ヴェラに言わせれば、ああいった手合いもサタンなのだろう。その言葉が持つ宗教色を割り引いて考えれば、サタンとは要するに異形や怪物全般のことなのだ。

「そのような存在を監視したり、状況に応じて必要な手段を取ったりするのが修道会、ひいてはワタシの役割なのです」

もしそれが真実であれば、古戸さんよりよっぽど善良な集団ではないだろうか。少なくとも、彼は人類全体の利益など眼中になく、知的好奇心の充足を第一の目的としている。

「ところで、ユウコたちは遺跡にどんな用があるのですか?」

一瞬、答えに詰まる。どこまで伝えたものだろうか。古戸さんと作戦会議をしようにも、彼はまだ十メートルほど遅れている。追いついてきたところで、ヴェラに聴かれず話すのは不可能だ。とはいえ一般的に考えて、向こうが目的を明かした以上、こちらもそうしなければ信義にもとる。

「さっき話した乾さんなんだけど——」

私は彼が縄文遺跡の発掘作業に携わっていたこと、時代にそぐわない技術で作製された謎の金属板を見つけたこと、不自然な作業の中止命令を受け、独自の調査を計画していることなどを、なるべく偽りのないように伝えた。

「なるほど。だから先ほどワタシのことをイヌイの友達か、と」

「そうそう」

ヴェラの言うサタンが、金属板の製作者なのだろうか? そうだとして、縄文遺跡から見つかったというのはなにを意味しているのか。色々推測してはみるが、私たちが得ている情報はまだあまりに少なかった。

「ついたみたいですよ」

ヴェラの声で目線を上げると、道の先で木々が途切れているのが分かった。発掘現場に辿《たど》り着《つ》いたのだ。私は一度振り返り、眼下の古戸さんを叱咤《しった》してから、最後の数メートルを登り切った。

そこは森に囲まれた円形の広場だった。直径はおよそ六十メートル。発掘作業はかなり進んでいたらしく、地面を切り取ったような穴があちらこちらに開き、乾いた土砂を晒《さら》している。回収されずに残った土嚢《どのう》やロープなどもあり、この現場が急に撤収されたことを示していた。

「ユウコ！」

ヴェラが叫び、なにかを指さす。

それを見て、私は息を呑《の》んだ。彼女が示した先には、荷物を投げ出し、うつ伏せで倒れる男性の姿があったのだ。

「乾さん！」

私は広場の中央付近で倒れている彼に駆け寄った。まず疑ったのは熱中症だったが、その身体を一見してすぐ異常に気がついた。

倒れている乾さんの尻あたりが、ひどく焼け焦げているのだ。穿いていたチノパンは一部炭化し、その中心部には生々しい火傷《やけど》が見て取れる。

一体ここでなにがあったのか。

「うーん……」

乾さんが呻《うめ》いた。意識が戻ったようだ。

「乾さん、大丈夫ですか？」

私は彼の傍にしゃがみこみ、その肩を揺すった。

「……古代人だ」

「は？」

「古代人がいたんだ。この下に」

意識朦朧《もうろう》ゆえの譫言《うわごと》にも聞こえるが、口調は極めてはっきりしていた。サタンの次は古代人か。それとも古代人こそがサタンなのか。いや、まずは火傷の処置をしなければ。

「おーい、大丈夫か」

ようやく斜面を登り切った古戸さんが、汗を拭いながら歩いてきた。乾さんの臀部《でんぶ》を見て顔をしかめる。

「うわ……痛そう。焚火《たきび》の上にでも転んだのか」

「いや、違う。ボクの後ろを見てくれ」

乾さんが言った場所には例の金属板があった。しかしそれ以上に目立ったのは、傍に開いた大きな穴だ。掘り下げられてできたものではない。その先は暗い地下空間に繋《つな》がっているようだった。

「あの下はすごいぞ。ここは超古代の遺跡だったんだ」

彼は苦しげな、しかし熱の籠《こも》った声で言った。

「いやいや、そんなこと言ってる場合じゃないですよ。救急車……ヘリを呼ばないと」

私は言った。さすがに遺跡探索を続行することはできない。

「ヘリはダメだ。ボクがここにいることがバレたら、もう二度とは来られないぞ。古戸、火傷は体表の何パーセントだ。自分じゃ見えない」

「Ⅱ度からⅢ度の熱傷が、五パーセント未満ってとこだろう」

「なら致命傷じゃない。頼む。なんとか下の道まで連れていってくれ」

馬鹿を言うなと叱り飛ばしたくなったが、懇願の様子があまりに切実で、つい圧《お》されてしまった。問答している時間も惜しいと考えた私は、とりあえず乾さんの要望を容《い》れることにした。

「ヴェラ。悪いけど、協力してくれる？」

「当然です」

「古戸さんも、いいですね」

「異存はない。ただ既に太腿《ふともも》がパンパンだ。あんまり頼りにはしないでくれ」

もとよりそれは期待していない。私は乾さんの身体を支えて立ち上がらせた。

そしてヴェラと交代で乾さんを抱え、足元に気を配りながら、たった今来たばかりの道を引き返しはじめる。すぐに全身汗まみれとなったが、それは必ずしも、暑さと運動のせいばかりではなかっただろう。

私たちは発掘現場から下る途中で救急車を呼び、県道で待ち構えていた隊員に乾さんを引き渡した。火傷の理由について尋ねられたが、私は気絶していた彼を見つけただけだからと言い張って、一切助け舟を出さなかった。乾さんは言《い》い淀《よど》んだあと、ショックで記憶が曖昧になっているようだとお茶を濁していた。

救急車には古戸さんだけを乗せて、私たちはセダンとバイクでそれを追うことになった。しかし乾さん運搬による疲労と脱水は激しく、しばらく休憩を挟まざるを得なかった。

少し落ち着いてみれば、あたりには喧《やかま》しい虫の声。日陰に退避し、持ってきた分の水を飲み干すと、ヴェラが凍らせたペットボトルを手渡してくれた。それで首筋を冷やしながら、彼女の愛機をぼんやりと眺める。ライトグリーンの塗装が施された大型の自動二輪。変身ヒーローが乗っていても不自然ではない。人々に仇《あだ》なす存在と戦うという点では、ヴェラも同じか。

「やっぱりアレってサタンの仕業なの？」

私は尋ねた。

「ほかの可能性があると？」

「ごめん、正直疑ってて……」

「ああ、気にしないでください《ネヴァマィン》。ユウコは理解の早い方だと思いますよ。実を言うとワタシも、生きて動いているサタンを見たことはないのです」

ヴェラは肩を竦《すく》めてから、発掘現場の方向を見遣《みや》った。

「さらに言えば、ほんの少し怖かった。情けない話ですが、ユウコたちと一緒に行くことになったときと、一度遺跡から引き返すことになったとき、ワタシは二度ほっとしたのです」

「それが普通だと思うけど」

「残念ながら、普通だと修道会の役目はとどまらないのです。ままならない？」

「務まらない」

「それそれ」

さらに五分ばかり休憩していると、古戸さんから連絡があった。搬送先を告げられた私たちは休憩を終え、それぞれの車両を駆って麓の町へと向かった。

*

甲府市内の総合病院に担ぎ込まれた乾さんだったが、本人の見立てどおり命に別状はなかった。ポケットに入れていたスキットルと、中身のウィスキーがダメージを和らげたらしい。とはいえさすがに即日帰宅というわけにはいかず、三日から一週間は入院する必要があるとのことだった。傷跡が残るのは避けられない、と医師は告げた。しかし乾さんはというと、尻の予後など完全にどうでもいい様子だった。

「とにかく、早くもう一度調査に行ってくれ」

病室に戻された乾さんは、開口一番そう言った。間柄次第ではぶん殴っていたところだが、仮にそうしても彼は主張を変えないだろう。それに古戸さんとヴェラも、調査の続行を望んでいた。

「あの場でなにを見たんですか？　ミスター・イヌイ」

乾さんとヴェラは既に自己紹介を済ませていた。古戸さんとも速やかに馴染《なじ》んだ彼女は、乾さんとも信頼関係を築いていた。突飛な価値感を持つ者同士、通じ合う部分があるのかもしれない。

「オーケー、ヴェラ。順を追って話そう」

同じ病室の患者に配慮し、私たちはそれぞれの椅子《スツール》をベッドに寄せた。白いカーテンで囲まれたスペースで語られたのは、はじめ想像した以上に信じがたい出来事だった。

「まず、勝手に一人で行ってしまったことは謝る。気持ちが抑えきれなかったんだ。ボクは山道を登り、足かけ数ヵ月通い続けた現場に辿り着いた。

一見して変わった様子はなく、金属板もそのままだった。しかし君たちも見たように、傍に穴が開いていたんだ。以前にそんなものはなかった」

「そしてそれは、縄文遺跡の一部ではなかった」

古戸さんが合いの手を入れると、乾さんは満足そうに頷いた。

「階段を一歩下りた時点で分かったよ。そう、階段があって、それが地下に繋がってたんだ。深さは大したことなかったけど、中はかなり広かった。この病室よりも広いと思う。けど、照明がまったくなかったからね。どうしたもんかなと思ったとき、闇の中になにかの気配を感じたんだ」

「それ、ほかの人が先に入ってたんじゃないんですか」

私は言った。

「人か。確かに広義では人なのかもしれない。でも君が考えているのとは違うだろう。しっかりと姿を確認したわけじゃないが、きっとアレは古代人か、もしくは古代人の技術を持った人間だ。この身に証拠が刻まれてるんだから間違いない」

「乾さんのお尻に？」

「そうだ。これは熱か火を使ったなにかで攻撃されたんだ。もしかすると、ギリシャ火のようなものかもしれないな」

ギリシャ火がなんなのかは分からなかったが、私の脳裏には熱線銃を持ったグレイ型宇宙人の姿が浮かんだ。古代人のイメージにはあまりそぐわない。

「松明《たいまつ》とか火炎瓶とかかもしれないですよ」

「そうかもしれない。でもとにかく頼む。もう一度あの場所を調査してくれないか」

乾さんは腕を伸ばし、私の手を摑《つか》んだ。やんわり振りほどこうとしても離れない。多分、イエスと言うまで退かないつもりだろう。

押し切られるのはあまりいい気がしない。しかし一度はじめたことを中途半端に止めるのも、私の好むところではなかった。

「……分かりました。分かりましたよ。私も協力します」

私が諦めたように言うと、乾さんは顔を輝かせ、摑んだままの手を上下に振った。その拍子で尻の傷がベッドに擦れて痛んだらしく、顔をしかめて小さく呻いた。

「だからしばらくは大人しくしててください」

私は彼の指を自分の手から引きはがし、ベッドの上に置いた。

「乾はこうやって人の善意を利用するんだよ」

「古戸さんとはまた違った嫌らしさがありますね」

「しかし今から行くとさすがに日が暮れるな。調査は明日からにしよう。ヴェロニカ嬢も、それでいいかな？」

しばらく腕を組み、なにやら考えこんでいた彼女は、形のいい眉をわずかに上げて答えた。

「ノープロブレム」

＊

私たちはその日の夕方を買い出しに費やした。暗い地下空間を照らすための登山用ヘッドライト、怪我《けが》を防ぐためのヘルメットと軍手、遺物を回収するためのプラスチックバッグ。それから武器になりそうなものとして、大きなシャベルを二つ。古代人とやらの耐久力が現代人と同程度なら、これでもある程度は対抗しうるはずだ。

荷物を車に積んでから、市街にあるシティホテルで一泊し、翌日の探索に備える。

そして朝。天気予報によれば日中は快晴。最高気温は三十三度。十分な暑さ対策を施して、私たちは再び発掘現場を目指した。

「そういえば、古代人と縄文人って別なんですよね」

道中、私はハンドルを握りながら、助手席の古戸さんに話しかけた。前方には颯爽《さっそう》とバイクを駆るヴェラの姿がある。

「縄文人の技術で金属板は作れないからね」

「じゃあ、なんであそこに縄文の遺跡があるんです？」

古戸さんは寝かせていた背もたれを起こし、脚を組んだ。

「楠田さんはネアンデルタール人って知ってるかな」

「名前ぐらいは」

「彼らは現生人類……ホモ・サピエンスと同じ祖先を持つけど、既に絶滅している。広い意味では人間と言えるのかもしれない。でも、トラとライオンみたいに種としては別の存在なんだよ」

連綿と続く進化の系統樹。どこかの時点で、現生人類とネアンデルタール人は袂《たもと》を分かった。片方は生き残って現生人類の祖となり、もう片方はこの世から永遠に姿を消した。

「ネアンデルタール人がいなくなった理由は？」

「負けたから。ホモ・サピエンスとの生存競争に。適応能力に優劣があったのかもしれないし、食料資源を奪い合った結果駆逐されたのかもしれない」

それ自体は別段驚くべきことでもない。ここ数千年だけを考えても、同種同士が些細《ささい》な理由でさんざん殺し合ってきたのだから。

「でも、ネアンデルタール人だったら、乾さんにも分かりますよね」

「うん。ネアンデルタール人はあくまでも例だよ。その古代人とやらは、多分かなり最近――といっても数千年前――までは生き残っていたんだろう。しかし最終的には縄文人に滅ぼされ、遺跡ごと葬られた。あそこに集落を築いていた人々は、それを監視してたのかもしれないね。種の仇敵《きゅうてき》が、再び墓から這《は》い出《で》てこないように。……まあ、乾の言ってることが本当なら、出てきちゃったんだろうけど」

金属板を作れるほどの技術を持った存在が縄文人に負けるのだろうか。しかしよくよく考えてみれば、拳銃を持った現代人が一人いたとして、槍《やり》で武装した十人に囲まれればどうしようもない。

いや、勝敗以前の話として、古代人は縄文時代から今まで数千年も地下で生きていたというのか？

私が不気味な想像をたくましくしているうちに、車は登山口付近に到着した。停まっている車はなく、人影もない。ひとまず、大学なり政府当局なりが遺跡を封鎖しているということはなさそうだ。私たちは車を降りて必要な装備を身につけ、発掘現場へと向かった。

＊

午前十時。私たちは山道を歩き、再び発掘現場の縁に立った。今のところ、変わった様子はない。乾さんが倒れていた場所は中央のあたり。そこには金属板と例の穴もある。さらに近寄ってみれば、穴には石の階段が付属していて、そのまま地下へと降りられるようになっていた。

「確かにこんなものが発掘現場から出てきたら、大騒ぎだろうね。しかし、なんで急に穴が出現したんだろう」

古戸さんはそう言いながら、スマホのカメラで金属板を撮影している。

「今のところ、サタンの気配はありませんね」

ヴェラが土塊を拾い上げ、穴の中に投げ込んだ。それは軽い音を立てながら砕け、破片を闇の中に散らした。しかしそれ以上の物音はしない。なにかが飛び出してくるといったこともない。

「ワタシが先に行きます。危険がなければ、呼びますね」

「大丈夫？」

「ええ、なにかあったとき、慌てて出るなら一人の方がいいです」

穴の入口は人一人がやっと通れるくらいの大きさだ。ヴェラの言うとおり、我先に出ようとして詰まっては目も当てられない。私は彼女を見送りつつシャベルを用意し、万が一の危険に備えた。

ヴェラがヘッドライトを点灯させ、地下空間へと潜っていく。

十秒、二十秒、三十秒待っていると、ヴェラの呼ぶ声がした。私は古戸さんと目配せをしてから、穴の中に足を踏み入れる。

はじめ洞窟のようなものかと思われた穴は、意外にもしっかりとした構造を保っていた。石のステップはぐらつく様子も見せず、天井は頭上を気にする必要がない程度には高い。地下二階ほどの深さには、こちらを窺うヴェラのライトが見える。

私は足元を照らしながら、一歩一歩慎重に降りていった。耳を押さえつけるような静けさと、傍らまで迫る壁で息が詰まりそうになる。肌に当たる空気は冷たく、極度に乾燥していた。

全ての要素が悠久の時間と死を想起させ、背筋《せすじ》が強張《こわば》る。しかしそれに慣れる間もなく階段は終わり、私たちは下層に辿り着いた。

ヘッドライトを正面に向けてあたりを窺うと、そこは直方体の空間だった。天井までの高さは四メートル。幅は八メートル。暗くて見通すことはできないが、最奥までは十メートル以上あるだろう。壁は切り出された石のブロックでできている。装飾などはないが、一つ一つが精緻に加工され、カミソリの入る隙間すらなさそうだ。部屋の左右には太い角柱が三本ずつあり、それに挟まれるような配置で、青っぽい箱のようなものがいくつか、等間隔で横たわっている。

「酸素がちょっと心配だったけど、大丈夫みたいだね」

古戸さんが言った。その言葉は石壁に反響し、冷たく乾いた空気を震わせた。

周囲には私たちを除き、音を立てるものも動くものもない。火を吐く竜の置物も、大岩が転がってきそうな斜面も、矢や毒針を射出する穴もなさそうだ。

「ここは……なんでしょうかね」

私は尋ねた。

「ピラミッドの中みたいだ。玄室ってとこだろう」

「やはり墓《トゥーム》でしょうか」

私たちは場を支配する沈黙に圧され、しばらく動かずにいたが、やがてヴェラが青い箱のようなものに近づいていった。私もそれに倣い、屈《かが》みこんで構造や材質を確かめる。大きさや形状から考えて、これは棺《ひつぎ》だろう。今は蓋が外されて、内部が露《あら》わになっている。

しかし中身は空だった。同じ素材の底が私たちを見つめ返す。

「ガラスに見えますね」

神経質な動きで棺の表面を撫《な》でながら、ヴェラが言った。半透明の青い素材。質感はガラスと陶器の中間ぐらいだ。しかし耐久力はそのどちらをも凌《しの》いでいると見え、数千年を経てなお、ひび割れや欠けはほとんどなかった。棺はその素材を板状に加工し、張り合わせて作られたのだろう。

棺の中を覗き込んだ私は、ヘッドライトの光を反射する白い薄片があることに気がついた。恐る恐るそれを拾い上げると、枯葉のように軽く脆《もろ》い。うっかり指先に力を入れると、パリパリと崩れて粉になった。

「副葬品ではなさそうですが」

ヴェラが呟く。棺の中には同じような薄片がいくつも落ちていた。大きさは小指の先ほどのものから、掌《てのひら》の半分ほどのものまでとばらつきがある。今度は壊さないように一つをつまみ、ビニールバッグに入れる。中で崩れるのは避けられないが、明るい場所で見てみれば、なにか分かることがあるかもしれない。

古戸さんは写真を撮りながら、いつのまにか玄室の奥まで進んでいる。私とヴェラは、念のためほかの棺も調べてみることにした。

棺は全部で四つ。そのうちの一つで、私はいかにも遺物めいたものを見つけた。

それは装飾品というよりも、なにかの道具に見えた。どろりとした銀色の液体にまみれ、素手で触るのが憚《はばか》られるような状態で置かれている。

遺物は銃のような形をしていた。そのイメージが浮かんだのは、乾さんが攻撃されたという事実があったからかもしれない。ガラスの球体に把手《とって》のようなものがくっついており、それと直角を成すように、金属の棒が三本生えている。銀色の液体は、元々ガラス球の中に入っていたのだろう。

私は遺物に直接触れないよう、慎重にそれを回収した。銀色の液体がビニールを腐食しないかと心配になったが、ひとまずは大丈夫そうだ。

「二人とも、こっちに来てごらん」

古戸さんに呼ばれて奥へ行く。

そこでまず目についたのは、金属でできた大きなカクテルグラスのようなものだった。水盤、とでも言うのだろうか。今はなにも入っておらず、上部には薄く埃《ほこり》が積もっている。

さらに奥では重厚な石材が、何人《なんぴと》をも阻む堅固な壁として立ちはだかっていた。しかしほかの部分と違うのは、一部が巨大な二枚の板でできているということだ。高さはおよそ三メートル。古戸さんは板の隙間を指でなぞり、開ける方法を考えているようだった。

「……扉？」

ヴェラが言った。

「そのようだ。人力じゃあ押しても引いても動かない。おそらくその水盤になんらかの操作を加えると開くんだろう。上から乗っかってもダメだったし、回転させようとしても無理だったけど」

「ちょっと、変な仕掛けが作動したらどうするんですか」

「まあまあ」

私の抗議をさらりと流して、古戸さんは扉の横を指し示す。そこには壁に埋め込まれた金属板があった。

「これになにかしらヒントがあるんだろうと思う。あるいは、扉の奥にあるものの説明かな」

その金属板は外にあったものと酷似しているが、表面の文様は微妙に異なっているようだった。内容の異質さに目を瞑《つぶ》れば、文化遺産の横に置かれている解説看板に見えなくもない。

「表面のこれってやっぱり文字ですよね」

私は尋ねた。

「もちろんそうだろうが、既知のものではなさそうだ。文字を持っていることにはもう驚かないとしても、これはかなり成熟した、複雑な言語だと思うね。魔術的な意味があるのかもしれない」

私たちはしばらく金属板を見つめたが、時間をかけたところで意味が判明するはずもなく、何枚かの写真に収めてのちの課題とした。ここが扉であるならば、さらに奥があるのは間違いない。しかし開く方法が分からない以上、今のところ侵入する手段はなさそうだ。もっともそれができたとして、喜んで行く気にはなれないだろうが。

「さて、一通りは見たかな」

古戸さんは壁と棺をシャベルで削り取って破片を回収したあと、そう宣言した。滞在時間はほんの三十分ほどだが、あまり長居はしたくなかった。戻ってきた古代人とうっかり鉢合わせするかもしれない。

「早く埋めてしまいましょう。こんなところは」

玄室に入ったときから、ヴェラは神経を尖《とが》らせていた。去り際の発言には――その過激な内容を差し引いても――遺跡に対する強い嫌悪の響きがあった。

「最終的にそうするのはやぶさかでないけどね。まずはどういう役割の遺跡なのか、調べてからでも遅くはないよ」

爆破という手段を取るかどうかはともかく、私もこの遺跡に、なにか忌まわしいものを感じずにはいられなかった。大学当局が下した調査の中止命令に安全以外の理由があるとして、それは一体どのようなものだろうか？

しかし考察はここでなくともできる。私たちは探索を切り上げ、冷たい静寂に支配された太古の玄室をあとにした。

狭苦しい階段を通って明るい地上に戻ると、太陽の暑気が身体を包む。いつもならば不快に感じるところだが、このときばかりは、冥界から現世に戻ったような安心を与えてくれる。

木陰でしばらく休む間、古戸さんは撮影した画像を乾さんに送信した。私たちは体力を回復してから、いい加減見慣れつつある山道を下る。

「乾さんに、疑ったことを謝らないと」

「いや、そんなことアイツは気にしないよ。今頃画像を見てウキウキのはずだ」

車のところまで戻り、荷物を積み込んだとき、黒い高級車が一台、少し離れた場所に停まるのが見えた。降りてきたのは、灰色のスーツに身を包み、同じ色の帽子《ハット》を被った男性だ。

まずい。大学の人間だろうか？

「君たち、そこでなにをしてる」

男性は現れるなり、きつい口調でこちらを誰何《すいか》した。幸運にも、軍手もシャベルも既に積み込んだあとだった。それらを身につけていたら、盗掘者であることについて一切の言い訳ができなくなっていたところだ。

「失礼ですが、あなたは？」

言い淀む私とヴェラの代わりに、古戸さんが余裕のある態度で応じた。

「埋蔵文化財団の麦島《むぎしま》という者だ。ここは財団の管理下にある。すぐに立ち去りなさい」

管理下にある、といってもここは公道だ。彼が私たちを遺跡から遠ざけようとしているのは明らかだった。大学からやってきたわけではなさそうだが、その関係者かもしれない。

「そうですか。いやァ、運転中に腹が痛くなったんで、道端で用を足していたんですよ」

「変なこと言わなくていいですから」

皮膚病かなにかを患っているのか、男の肌は妙に黒ずんでいる。その顔に怪訝《けげん》と嫌悪の表情が浮かぶのを見て、私はそれ以上事態がこじれる前に、古戸さんを助手席に押し込んだ。そのまま逃げるようにして車を発進させる。

もし玄室を調べられれば、私たちが侵入したことはきっとバレてしまうだろう。

まずいことにならなければいいが。バックミラーで確認すると、男性は長い間こちらを睨《にら》みつけていた。

＊

「ユウコ、さっきの男の目を見ましたか」

私たちは甲府の市街に戻り、昼食の熱いほうとうを啜《すす》っていた。夏休みシーズンだけあって、店内には観光客の姿が多い。

私は薄切りのかぼちゃを頬張りながら、麦島と名乗った男の顔を思い浮かべる。

「なにか気になった？」

「悪い人間の目をしてました。もしかすると、人間じゃないかも」

ヴェラは大げさに身震いする。

「不気味といえば不気味だったけど、私たちにもやましいところがあったし、そう見えただけなんじゃ……」

「発掘現場の確認にスーツで来ますか？　それも一人で？　彼はサタンの手先に違いないですね」

「うーん……」

簡単に調べてみたところ、埋蔵文化財団という組織自体は実在していた。名簿にも理事として麦島征四郎《せいしろう》という人物が名を連ねていた。あの男性が本人だという証拠はないが、少なくとも社会的には財団の方が正当な立場にある。

「学部とか大学とかと繋がりが深かったら、圧力をかけて調査を中止させるのも不可能じゃないのかな」

私は言った。史学系学生の主要な就職先になっていたり、研究で協力していたりすると、その意向に反対するのは難しいのかもしれない。

「それはそうと、史料《サンプル》はどうやって調べます？　フルドさん、なにか分かりそうですか？」

「ちょっと待ってくれ。今、乾に確認してるから」

古戸さんの知識――超常現象に関するものも含めて――は豊富だが、未知の文字をすぐに解読できるほど神がかり的ではないし、足掛かりになる資料や分析の手段が多いに越したことはない。

乾さんに問い合わせてみると、待ってましたとばかりに即座の返信があった。

それによると、有機物の年代測定や無機物の組成については、乾さんが所属する学科の機材が利用できるらしい。金属板については、同じ大学の図書館の館長が言語学に明るく、既にある程度の話は通してあるとのこと。多分私たちに声をかけた時点で、色々と準備をしていたのだろう。

「どのみち、神奈川に戻らないといけないね」

「今日中に行きますか？」

私は尋ねた。乾さんの希望を汲《く》むのであれば、早い方がいい。

「そうだね。大学の中ならクーラーも効いてそうだし、山歩きよりは楽だろう」

「オーケー。善は急げというヤツですね」

ヴェラは器の汁を飲み干し、意気揚々と立ち上がる。私たちは会計を済ませてから、昼どきの店をあとにした。

＊

午後二時の大学構内。ここは駅や市街から近いが、敷地《しきち》はゆったりと広く、部外者がいてもそれほど不自然でない。イチョウ並木に挟まれた石畳の通りには、運動部や文化系サークルに所属しているらしい学生が、陽気な会話を交わしながら行き来している。

「史料の分析は僕の方で行ってこようかな。楠田さんたちは、先に図書館で話してくれれば？」

慣れない場所で若干の心細さはあるが、時間は有効活用するべきだろう。役割分担を了承した私は、回収した史料を古戸さんに任せ、撮影したデータを受け取る。

それから案内図を見つつ、大学図書館へと向かった。

キャンパスの入口から五分。歴史ある大学にあって、図書館は比較的新しく建てられたもののようだった。ガラス張りの壁面からは、明るい閲覧室が見通せる。

こういった施設は大抵一般人も利用可能なはずだが、果たして館長と話すことはできるだろうか。私たちはエントランスをくぐり、すぐのところにある受付に立ち寄った。

「すみません、楠田という者ですが、阿見《あみ》館長はお手すきでしょうか」

阿見逸史《いつじ》、というのが館長の名だった。本名で検索すれば、比較言語学に関する論文や著作がいくつも出てくる。

「お約束はありますでしょうか？」

受付の女性は、事務的ではあるが丁寧な口調で尋ねた。

「いえ。以前講師の乾さんからご相談させていただいた件について、と言っていただければ分かると思います」

「かしこまりました。少々お待ちください」

どうやら門前払いは避けられたようだ。女性は内線でどこかに連絡を取っている。しばらく受付の脇で待っていると、面会の許可が下りたらしい。無断持ち出し防止のゲートを通過し、適当な席に座ってさらに待つ。

軽いお喋《しゃべ》りも憚られる静かな図書館内。十分ほどすると、奥の方からジャケットに身を包んだ初老の男性が姿を現した。灰色の豊かな髭《ひげ》と恰幅《かっぷく》の良さは、サンタクロースを彷彿《ほうふつ》とさせる。

しかし近くで見てみれば、金縁眼鏡の奥にある瞳は鋭く光っていた。私とヴェロニカは立ち上がり、軽く頭を下げる。

「楠田さんですね？　そちらの女性は……」

「ヴェロニカ・フランチェスカです」

こちらを鑑定するような視線。論文発表やプレゼンテーションの場に彼がいたら、きっと緊張するだろう。

「館長の阿見です。こちらへ」

促されるまま歩いていくと、一階フロアの奥にある応接室に通された。私たちは黒い革張りのソファに座り、館長と向かい合う。彼ははじめよりも幾分か砕けた態度で、ゆっくりと口を開いた。

「乾先生とは電話口で話したんだけど、なにかトラブルがあったみたいだね」

「ええ、その少し……怪我を」

「怪我？　どんな怪我？」

「いえ、大したことはないといいますか、ますます元気といいますか」

「そうか……ならいいんだ。彼と最近飲んだとき、妙な文章の話をした。今日はそのことだと思ったんだけど、若い女性が来るとはね」

「金属板の」

「そう。金属板の文章」

館長はやや声を潜め、共犯者的な笑みを浮かべた。この人物には、あまり隠しごとをしなくてよさそうだ。

「実はもう一つ、別の文章を手に入れたんです」

私はスマホに画像を表示させ、館長に手渡した。

「失礼」

彼は金縁眼鏡を外し、しげしげとそれを眺める。

「僕も乾君に相談されてから、少し調べてみたんだ。もう知っているかもしれないが、これは既知の言語ではない。しかし、まったく資料が見つからなかったというわけでもない」

「分かるんですか？」

「どうかな。いくつかの単語は読めるようになるかもしれない。これは〝アクロ〟と呼ばれる文字だ」

「アクロ……」

私とヴェラは同時に呟いた。

「十九世紀に国内へと持ち込まれた本に、この文字のことが記されていた。英語による大量の注釈と共にね。希望するなら閲覧許可を出そう」

「是非、お願いします」

「研究熱心なのはいいことだ。言うまでもないが稀覯《きこう》本だから、傷つけたり書きこんだり、撮影したりはしないように」

「すみません、アミ館長」

それまで黙って話を聞いていたヴェラが口を開いた。

「なにかな、ミス・フランチェスカ」

「そのアクロ文字とは、どんな存在が作ったのですか？」

「誰が、と言わないあたり、多少の心当たりがありそうだね」

館長は少し困ったような顔をした。聞かれたくないことだったのかもしれない。

「僕にも仮説がないではないが、それをここで開陳するのは遠慮させてもらおう」

「なぜです。隠しごとがあるんですか？」

ヴェラの語気が荒くなる。しかしそれに対する館長の態度は、あくまでも落ち着いたものだった。

「隠しごとはある。しかしそれは悪意によるものではない。すべてを明かすことは必ずしも美徳ではないんだよ。君たちはどうやら、真実の端緒を摑んだ場合、根っこを確かめずにはいられない性分らしい。しかし君たちが軽はずみに色々なことをしすぎると、自身が危険に陥るだけでなく、ほかの人を危険に晒すかもしれない。その場合、迂闊《うかつ》に情報を提供してしまった僕自身にも責任があることになる。このあたり、少し立場のある人間になると気をつけなければいけないんだけれど、自分の責任を超える範囲のことを人に教えるのは親切でないばかりか、害でさえあるんだ」

「…………」

「とはいえこの件では、僕も少し規範を逸脱している。乾君に協力するのは必要からではなく、情熱溢《あふ》れる彼に対する個人的な友情からだし、君たちに関してもおおむね同様だ。でも僕には図書館館長としての責任もある。それによってできることもあれば、できないこともある。そこは理解してもらいたい」

穏やかに諭されて、ヴェラも毒気を抜かれたようだ。乗り出しかけていた身を引いて、ソファに尻を埋める。

「……オーケー。失礼な態度を取りました」

「気にしないでくれ。僕も、半端な態度を取っていることは自覚しているからね」

館長はその分厚い手で顔を拭い、眼鏡をかけなおした。

「さて、資料の話だった。さっき言ったものは地下三階にある。閉架書庫だから、一般利用者は立ち入りできない。よければ、今から案内しよう」

なにがしか奇妙な真実に触れつつも道を踏み外さず、アカデミックな世界で大成すれば、阿見館長のような人物になるのだろうか？　古戸さんや乾さんにはまず無理な芸当だろうが、二人がうらやましがるかといえば、多分そんなことはないだろう。

私たちは引率されるまま、部屋を出る館長のあとについていった。

エレベーターに乗って地下三階まで降り、無機質な廊下を行く。やがて辿り着いた重そうな金属扉がカードキーで開かれると、内部から空調の冷気が漏れ出した。湿度の低い静寂が、私に玄室の光景を思い出させる。

それほど広くない部屋の中では、白い蛍光灯が冷たく弱い光を放っていた。並べられている本は、一見しただけで異色なものだということが分かる。大きさも装丁も形状もバラバラで、滴水古書堂のラインナップと比べても、特異さにおいて遜色ない。あたりに漂う匂いも、私が普段嗅いでいるものに似ていた。

館長は迷いなく書架の間を進み、大判の本を一つ取り出す。それを捧《ささ》げ持つようにして、部屋の壁際にある閲覧机に置いた。

「これがアクロ語の資料だ。破らないようにね」

私が枯葉色の革表紙をめくってみると、ページには英語の筆記体がびっしりと記されていた。活字ではなく、羽ペンか万年筆で書かれたもののようだ。

「なにかあれば、内線で呼びなさい」

「あの、あとでもう一人来るんですが。古戸って名前の、不審な感じの男性が」

「通すように言っておこう」

これで、古戸さんが警備員につまみ出されることはないはずだ。

館長が去ると、室内には再び静寂が満ちた。私とヴェラは机上の本を見つめながら、これからの手順について考えを巡らせる。

画像データを参照するだけだと効率が悪い。ひとまず、私たちは金属板の拡大コピーを用意することにした。職員に頼んで館内の端末とプリンターを使わせてもらい、出力した紙束を手に閉架書庫へ戻る。

中に入ると不審な人物、もとい古戸さんが書架を物色していた。

「勝手に触っちゃだめですよ」

「大丈夫。見てるだけだ」

それぞれ椅子を持ち寄ってテーブルにつき、知り得たことを共有する。古戸さんからは遺物の情報。私たちからは阿見館長とのやりとり。

「あのオモチャの銃みたいなヤツはさすがに時間がかかるみたいだね。年代測定も難しいし、結局詳しくは分からないってことになりそうだ。で、白っぽい欠片《かけら》の方は、結構面白いことが分かった」

古戸さんはビニールバッグを手に持ってシャカシャカと振る。

「これは皮だ。皮膚だよ」

「そうは見えませんが……」

ヴェラが言った。

「皮膚と言われると分かりづらいかもね。けど、抜け殻と表現したらどうかな?」

「抜け殻……ロブスターみたいに?」

「ロブスターはあんまり馴染みがなくて分かんないけども」

「あるいは……」

「この場合は、蛇だ。よく見てごらん。ウロコがある」

古戸さんがサンプルを手渡すと、ヴェラはバッグが鼻につくほど顔を近づけて、その中身をまじまじと観察した。しかし今一つ確信が持てなかったのか、眉間にしわを寄せている。

私もバッグを手に取り、剝片をじっと見る。擦り切れ、風化してはいるが、かすかにウロコが連なったような模様があるような気がした。

「副葬品として、蛇を入れてた可能性もあるんじゃないですか」

サンプルを机の上に置いてから、私は尋ねた。

「もしそうなら、蛇の骨とかミイラとかが残ってないとおかしいだろう」

「じゃあ、古代人は進化した蛇だったって言うんですか？」

「考え方はおそらく合っている。正確に言うなら進化した蛇ではなく、蛇と祖先を同じくする存在だ」

恐竜の絶滅が六千六百万年前。人類文明の勃興がせいぜい一万年前。その間、地上を支配していたのは何者か？　生き残った爬虫類《はちゅうるい》の一派が、人間に先んじて知能と文化を発達させた可能性があるのではないか？　古戸さんが示唆しているのは、つまりそういうことだ。

「まさしくサタン……。人類の仇敵ですね」

ヴェラが心底納得したような表情で言った。

「彼らに言わせれば、人類こそが不当な簒奪者《さんだつしゃ》だということになるだろうね。どちらにせよ、仇敵というのは的を射た表現だと思うよ」

私は古代ローマ風のトーガを纏《まと》った、二足歩行のトカゲをイメージした。もしそのとおりならユーモラスだが、実体はもっとおぞましいに違いない。

「そしてこれは状況から見た仮説だけど、彼らは半永久的な休眠状態に入ることができる。縄文人に追い詰められたとき、古代人たちは最後の資源を費やしてあの施設を作り、眠りに入った。そう、アレは遺跡じゃない。ついこの間まで機能していた、あるいは現に機能している施設なんだよ」

私の隣でヴェラがなにか言った。英語で不快感を表したのだろうと思う。

「やはり破壊すべきでは」

「焦らない焦らない。解読作業をやってからでも遅くないんだから」

エキサイトしかけたヴェラを宥《なだ》めた私たちは、改めて金属板の文章と、アクロ語の資料に注意を向けた。

閲覧机に置かれた、革表紙の本。古戸さんが神妙な手つきで表紙をめくる。

この本を書いた人間は、きっと孤独な研究をしていたのだろう。勢いのまま紙面の端まで書きなぐったような部分もあれば、文字の列が乱れたり折れ曲がったりしている部分もあった。ほかの人間に見せることを意識しない、自分だけに理解できればいいという書き方だった。あるいは体裁を整えるどころではない、特殊な精神状態にあったのか。

本の構成としては辞書か百科事典に似ていた。一ページに拡大された一文字があり、その周囲に書き込まれるような配置で、形に関する注釈と、文字の意味に関する考察らしきものがある。

私は古戸さんの手伝いとして英文の翻訳をやることがあるので、一般的な英文であれば、読んで意味を把握するのにさほど苦労はしない。しかしこの筆者が書く文字は汚く、内容はあまりに断片的だったので、一人では少々荷が勝ちすぎる気がした。

しかし幸い、ヴェラは英語に堪能《たんのう》だ。本の解読は主として彼女と古戸さんに任せ、私は訳出されたものの繋がりを考えたり、文脈に応じた意味をあてはめたりする作業を担当することにした。別に日本語訳を出版するわけではないのだから、大意が摑めれば問題はない。

それでも翻訳は非常に根気の要る作業だった。古戸さんは普段のような軽口一つなく、恐るべき集中力を発揮していたが、私とヴェラは疲れ目と肩こりに悩まされ、しまいには鈍い頭痛を発症して休息を繰り返した。

気分転換におこなったのが、抜け殻の鑑定だった。爬虫類の図鑑を閉架書庫に運び込み、色鮮やかなそれを眺めながら、ウロコの形が似ている種類のものを探した。

結果として、蛇人間——件《くだん》の古代人を、私と古戸さんはそう呼ぶことにした——はコブラの近縁である可能性が高い、と結論づけられた。しかし翻訳の方は、閉館時間までにおよそ四割までしか進まなかった。

「お腹《なか》減ったなぁ」

図書館を出る際、古戸さんが呟く。私とヴェラは学生食堂で夕飯を摂《と》っていたが、彼は水分すらほとんど摂らず作業にかかりきりだった。作業を終えてはじめてそれに気づいたようだ。

「今日はもうさすがに休みたいです……」

私はため息とともにその言葉を吐き出した。午前中から山梨で遺跡を調査し、神奈川まで戻り、午後は大学院生もかくやというほど文献に向き合ったせいで、もはや車の運転すらおっくうなほど疲れていた。

大学の駐車場でヴェラと別れ、買ったアイスモナカをもりもり食べる古戸さんを横目に、私は長い探索行の二日目を終えるべく、レンタカーでの家路を急いだ。

＊

翌日の十一時、私たちは再び大学の図書館前に集合した。

ヴェラは昨日よりも大きな荷物を担いでいた。再び遺跡に向かうときのため、入念に準備してきたらしい。

私たちは阿見館長に簡単な進捗を報告し、順調にいけば今日中に作業が終わるかもしれない、とつけ加えた。彼はあまり根を詰めすぎないようにと言って、外国製の珍しい飴玉《あめだま》を大量にくれた。

そして再びの閉架書庫。昨日の作業で四割までは進捗し、全体像が見えつつある。あとは試行錯誤を繰り返しながら、パーツを秩序ある形に組み上げていくだけ。依然として量は多いものの、目途が立ってきた分気持ち的にはかなり楽だ。

「ちょっと表現が詩的すぎませんか？」

「いやいや、これはまさに詩なんだよ。これは譲れない」

昼食を挟み数時間。ああでもないこうでもないと議論を白熱させる。

「このユィグ？　イグっていうのは？」

「サタンが崇《あが》めるなにかでしょうか。さらに上位の存在というか……」

もらった飴玉をガリゴリと噛《か》み砕《くだ》きながら、翻訳作業を続ける。

「フルドさん。これはなんて読むんですか？」

「怜悧《れいり》。頭がいいってことだ」

そして午後六時近くになり、ようやく意味深な、しかしなんとか理解できる文章が完成した。コピー用紙に書き散らされた断片を繋ぎ、一つにまとめる。古戸さんは腕組みをしながら、その出来栄えをしげしげと眺めた。

幾星霜を経し戦の果てに　我等終《つい》に此《こ》の地へ至る
――勇敢なる子等は地下に眠り
恨み燃えし怜悧なる子等は地上に残る
今――の時　此の屈辱に耐えるべし

此処《ここ》は時代の墓にして　我等が種族の墓にあらず
星揃《ぞろ》い――　偉大なるイグの名の下に
誇り高き子等が目を覚まし　――来たらん

この扉の先　戦の勇士が眠る
偉大なるイグの子等よ　――の時を待て
後の時代に生き残り　再び扉の前に立ちて
――　聖杯を――の生き血で満たせ
新たな時代を解き放ち　再び大地に殖えるべし

前者が入口の金属板、後者が石扉の横にあったものだ。資料が不完全なためどうしても訳せない部分はあったが、あまり恣意的に語を当てはめると大意を損なってしまう。

「さて、これを解釈していくとだ」

作業に区切りがついて疲労が吹き飛んだのか、古戸さんが溌剌《はつらつ》とした口調で言った。

「いっとき栄華を誇り文明を築いた蛇人間たちは、なんらかの原因で徐々に衰退した。内部の問題か、人類の進出によるものか、あるいは天変地異なのかは分からない。とにかく彼らは人類に追われ、ユーラシア大陸を東へ東へと逃げた。しかし執拗《しつよう》な追跡者は、蛇人間たちを太平洋沿岸に追い詰めた。のちに縄文人と呼ばれる一派だ。蛇人間たちは文明の滅亡を予感しながら、最後の技術力と資源を振り絞り、地下施設を築いた。地上に造ると壊されちゃうからね。そして自らを休眠状態に置き、施設を封印した」

「でも、地上に残った個体もいたんですよね、この文面だと」

私は言った。

「星が揃ったとき、つまり反攻の準備が整ったタイミングで、外から開けるためだろう。そして石扉の奥に眠っている蛇人間たちを目覚めさせる。数はどれくらいかな？　少なくとも数十、多ければ数百か」

「これ以上サタンが這い出してくる前に、遺跡を破壊すべきです」

「なんか私も爆破した方がいいような気がしてきました」

蛇の特徴を持った人間型の生物が地下からウゾウゾとあふれ出す光景は、想像するだけでぞっとする。しかし遺跡を爆破解体なり崩落なりさせるとして、発掘現場に重機を持ち込むわけにはいかない。シャベルでなんとかできるとも思えない。

「でも、どうやって破壊すれば……」

「それに関しては心配ご無用《ナットゥウォーリー》。用意があります」

午前から気になっていたヴェラの荷物。彼女はそれをポンポンと叩《たた》き、ジッパーを開く。取り出したのは、小さな四角いバッグのようなもの。どうやら登山用具ではなさそうだ。

「C4《シーフォー》。各国の軍隊で使われているプラスチック爆薬です」

「ええ……」

映画かゲームでしか聞いたことのない名前が出てきた。多分、在日米軍に修道会のメンバーなりシンパなりがいるのだ。日本の公安はなにをしているのだろう。

「まあ、それも明日かな？　一応乾にも直接報告してやろう。色々やっちゃう前にさ」

古戸さんは大きく伸びをしてから、昨日と同じように空腹を訴えはじめる。

こうして、十数時間に及ぶ翻訳作業は終了した。

私は阿見館長に礼を述べ、金属板の内容を共有しようとしたが、彼はそれを固辞した。熱心な若者に場所を貸しただけ。そういうことにしてほしい、とのことだった。

こうして蛇人間の眠る施設は明らかにされ、その処遇は私たちに委ねられた。

サタン滅すべし。バイクにまたがるヴェラの背からは、狂信に近い使命感がオーラとなって見えるようだった。暴走しないといいのだが。

そのとき、私の懸念を遮るようにどこかから陰鬱なキャロルが響いた。なにかと思えば古戸さんのスマホだ。

「はい古戸です。……はあ、どうも。ええ、そうですが。……えー。いや、ちょっと分からないですね。すみません。はい。……はい。連絡ついたら知らせるようにします」

誰かとやりとりしながら、古戸さんがこちらに目配せする。古書堂の仕事ではなさそうだ。胸騒ぎがする。

「ヴェラ。ちょっと待ってくれ」

「なんです？」

一度始動させたエンジンを止め、ヴェラが戻ってくる。

「乾が病院からいなくなったそうだ」

古戸さんがスマホの画面を爪で叩きながら、かかってきた電話の用件を告げる。

「え、敷地の外にビール買いに行った、とかじゃなく？」

私は尋ねた。乾さんはアル中一歩手前まで行ったことがあるそうだから、入院中の断酒が辛《つら》かったのかもしれない。

「いや、考えにくいな。自分一人で遺跡に向かったって方がまだあり得る」

「サタンに攫《さら》われたのかも」

ヴェラが突拍子もないことを言う。

「それも考えておいた方がいい」

「いやいやいや。古代人が変装して病院に侵入したって言うんですか？」

私がイメージしたのは、蛇の顔をした人間が白衣を着て院内を闊歩《かっぽ》する姿だ。いくらなんでも荒唐無稽すぎる。

「あり得ない話ではないよ。金属板の文章を思い出すといい。『恨み燃えし怜悧なる子等は地上に残る』。彼らは山奥や洞窟に潜んでたわけじゃない。おそらくは人間社会に潜伏してたんだ。もしかするとコブラじゃなくて、カメレオンと祖先を同じくしてるのかもしれないな」

顔の皮を引っ張って変装を表現する古戸さん。私とヴェラは答える代わりに、強く眉をひそめる不快感を示した。

「古戸さん。乾さんのこと忘れてませんか」

「おっとそうだった」

冗談なのか、本気で忘れていたのか。古戸さんはポケットにしまいかけたスマホで、乾さんへの連絡を取ろうとした。電話とSNSで一度ずつ試みたあと、彼は肩をすくめて不通を告げた。

「心当たりは？」

ヴェラが尋ねる。

「そんなのは決まってるだろう。本人の意思で向かったにせよ、攫われたにせよ、最も可能性が高いのは例の遺跡だ。もし違ったら、そのときに考えればいい。君の荷物が早速役に立つかもね」

蛇人間は一度、乾さんに重傷を負わせている。ヴェラの態度から言っても、穏当な交渉は望み薄だ。

「……オーケー。蛇は『腹で這い歩き、一生塵《ちり》を食べる』生き物。その眷属《けんぞく》である彼らにも、身の程を知らせましょう」

彼女は聖書の言葉らしいものを引用しながら息巻く。

「そういうわけだ。楠田さんも、得意の空手で頼むよ」

「古代人に空手が効くんでしょうか……」

「たとえ兵器の存在を考慮しても、彼らは縄文人に負けたんだ。単純な闘争においては、人類に分があるはずだよ」

乾さんの安全確保が最優先なのは間違いないが、遺跡の破壊も重要だ。もし玄室の奥にあった石扉が開放されれば、人間社会にどんな災厄が振《ふ》り撒《ま》かれるか分かったものではない。

「分かりました。行きましょう」

これは種と種の争いなのだ。私は腹を括《くく》り、レンタルのセダンに乗り込んだ。

＊

日没から一時間以上。わずかな夕日の残光も濃紺に駆逐され、それもやがて宵闇に染まった。文明の灯《あか》りを離れて山奥に車を走らせると、かつての人類も見ていた原初の闇と同じものが、街灯やヘッドライトの周りにまとわりつく。

私たちが登山道の入口に到着したのは、午後八時を回ってからだった。

「古戸さん、車が……」

セダンを停めようとした私は、空いたスペースの片隅にある黒い高級車を発見した。以前こちらを高圧的に誰何した、麦島——黒ずんだ顔の男——が乗っていたものだ。

「夜の縄文遺跡を視察というわけでもないだろう。サタンの手先どころか、彼が黒幕なのかもしれないね」

はじめはヴェラの疑念に首を傾《かし》げていた私も、この期に及んではそう思わざるをえなかった。彼は人間なのか、蛇人間なのか。日本語を解すのは間違いないが、駆け引きの余地はあるのか。

「とりあえず動いたらパンクするようにしておきます」

ヴェラは麦島を完全に敵と断じたらしく、タイヤの下に棒のようなものを立てかけている。今のところ、ただの嫌がらせにしか見えない。

「それは？」

私は尋ねた。

「クロスボウの矢《クォレル》です。日本は銃刀法が厄介なので」

クロスボウだって法に引っかかると思うが、飛び道具があるのは正直心強い。既に爆薬の存在を知ってしまったので、それぐらいは大したものでないように思えてしまう。

私たちはヘッドライトを装着し、注意深く斜面を登りはじめた。足元の危険とは別に、周囲の森で息を殺しているかもしれない、狡猾で邪悪な蛇人間の存在を意識する。

ライトを下に向けながらの行進は、なんとも陰鬱で気が滅入る。

先頭はクロスボウを構えたヴェロニカ。遺跡を巡るハリウッド映画で、こんな主人公を見たような気がする。

その後ろには古戸さん。彼が持っているのは小さなカバンに似た物体――梱包《こんぽう》されたC４爆薬だ。このサイズでもうまく使えば、分厚いコンクリートに穴を開けることができるという。ならば当然、人間サイズの生物など木端微塵《こっぱみじん》だ。なお起爆スイッチも古戸さんに託されている。危ない人選のようでいて、どんな状況でも冷静さを失わないという意味では適任と言える。

最後尾に私。慣れない武器の殺傷力より素手の身軽さを優先した。ただし多少固いものを殴っても怪我をしないよう、両手にバンデージを巻いている。

やがて私は前方からの風を感じた。発掘現場についたのだ。

虫の声はいつのまにか止《や》んでいた。静寂に紛れようと、全員で息をひそめる。互いに視線を交わして合図しつつ、ライトを消した。姿勢を低くしながら、そっと広場の様子を窺う。

――いる。

広場の中央、玄室への入口に立つ人影があった。足元には電気ランタンの小さな光源。それに照らされ浮かび上がる姿に、私は強烈な違和感を抱いた。

下半身は、進学校の女子生徒が着るような長いスカート。上半身は半袖のワイシャツらしきもの。そこから見える腕は異様に短く、せいぜい常人の七割ほど。ニット帽を被った頭の下にある皮膚は、不健康そうに黒ずんでいる。

あれは人なのか？

傍らでヴェラが構えた。止める間もあればこそ、彼女は三十メートル離れた人影に向かって矢を放った。

シュッ、と弦が風を切る音。闇夜を飛翔《ひしょう》する矢は、恐るべき精密さで目標に命中した。胸を貫かれた人影が、声もなくその場に崩れ落ちる。

ちゃんと確認しなくてよかったのか。私はヴェラに問おうとしたが、わずかに振り返った彼女の瞳を見て、言葉を飲み込んだ。それは興奮に見開かれ、なにかが憑依《ひょうい》したように、ギラギラと濡《ぬ》れた輝きを宿していた。

「ナイスショット」

古戸さんがスポーツのそれと同じ気楽さで呟く。

私たちはしばらく待ったが、現場に動きはない。そろそろと茂みを出て、今しがた射殺した人影に近づいた。不意の蘇生《そせい》を警戒しながら、仰向けの死体を覗き込む。

それは果たして人ではなかった。黒ずんだ肌の表面には、薄く鱗《うろこ》のような模様が浮かんでいる。顎のない顔に備えられているのは、細い鼻孔、丸すぎる目、盛り上がった眉間。口からだらりとはみ出た舌は、先が小さく割れていた。

私は強く本能を揺さぶられた。毒虫や危険な獣に対するものとはまた違った感情が湧き起こった。目の前に倒れているそれは確かに蛇の特徴を残していたが、想像していたものの何倍も人間に近かった。そして人間に近いがゆえに、激しい嫌悪を催させる存在だった。人間に匹敵するがゆえに、速やかに滅ぼさなければならないと感じさせる存在だった。

蛇人間がただ佇んでいただけでないのは明らかだ。玄室で進行しているなにかに邪魔が入らないよう、注意深く見張っていたのだろう。

止めなくては。あの石扉を開かせてはならない。

気づけば古戸さんが玄室の天井に見当をつけ、Ｃ４爆薬を設置していた。

「まだ爆破しちゃだめですよ。乾さんが下にいるかもしれないんですから」

「さすがにそこまで薄情じゃないさ」

しかし非情な決断が必要とされる可能性も、実際のところ低くはないのだ。

それでも乾さんの無事を祈りつつ、私たちは下り階段に足をかけた。

二歩三歩と踏み込めば、冷えて乾いた闇が全身に触れる。それはどこか冥界へのいざないめいて、私の肌を粟立《あわだ》たせた。しかしこの感覚もあながち思い込みとは言えない。事実奥に潜んでいるのは、幾星霜を経て墓から這い出た亡霊なのだから。

先頭はやはりヴェラ。彼女の肩越しに前方を確認すると、玄室の入口からはわずかに灯りが漏れている。ざらついた紙をこするような、不快な囁《ささや》き声《ごえ》が聞こえてきた。日本語でも英語でもない。先の割れた舌を使う、おそらくはアクロ語の話し言葉。

壁に手をつき、足元を確かめ、塵一つ踏むのにも神経を尖らせながら、ゆっくりと階段を下っていく。

しかし半ばまで来たとき、ヴェラが偶然転がっていた石を蹴飛ばしてしまった。それは硬い音を立てながら玄室まで転がっていく。

囁き声が止んだ。気づかれたかもしれない。

命令らしき声を受けて、足音が近づいてくる。あと五歩、四歩、三歩……。

進むか、退くか。ヴェラは進んだ。私も意を決してそれに続いた。

ばったりと出くわすことになった蛇人間を、ヴェラが蹴倒して玄室に踏み込む。その際、蛇人間の手元から半透明のプラズマ球が飛び出した。それは私の髪を掠《かす》め、毛先を焦がし、すぐうしろの古戸さんに命中した。炎が私の首筋を舐《な》める。

「あっつ！」

私は急いで階段を下りきった。身を起こそうとする蛇人間の頭を、踵《かかと》で素早く蹴り砕く。

目線を上げると、電気ランタンの灯りを背に、二体の蛇人間が迫ってきていた。一体はヴェラに、もう一体は私に。アクロ語の呪詛《じゅそ》を吐きながら、仇敵に対する憎悪を込めて。手には刃渡り三十センチほどの、波打つ形の短剣がある。

ヴェラを援護したいが、まずは目前の敵を片づけなくては。

右から左に振り抜かれた短剣を躱《かわ》し、その腕を手刀で叩く。表皮は硬いが内側は軟らかく、骨は細い。足払いで転ばせてから馬乗りになり、醜い顔面に拳を叩きこむ。

蛇人間に武術と呼べる概念があったかどうかは分からない。しかし空手だって遡れば数百年の蓄積がある。寝起きの身体では容易に防げまい。

ダメ押しの一撃で相手が動かなくなったのを確認し、ヴェラの方に意識を向ければ、彼女もクロスボウを一旦手放し、蛇人間から奪った短剣で、相手の胴を串刺しにしているところだった。人間と同じ赤い血が噴き出す。

「動くな！」

そのとき、玄室の奥から声が響いた。

見れば例の男が乾さんに短剣を突きつけている。私は思わず動きを止めた。

いつのまにか古戸さんが横に立っていた。靴が煙を上げていて焦げ臭い。

「一丁前に人質か……」

「こっちには爆弾があるぞう、投降しろ」

両手を上げ、起爆スイッチを示しながら、古戸さんが一歩一歩近づいていく。ヴェラがクロスボウを拾い上げ、構える。

「それ以上動けば、この男が死ぬぞ」

短剣が首に押しつけられる。男は乾さんを盾にしており、狙撃も難しい。これでは膠着《こうちゃく》状態だ。どうしたものか。

乾さんの顔を見る。一応意識はあるようだ。その表情には緊張だけでなく、なにかを伝えようとする必死さがあった。

彼はしきりに片目をしばたたかせたり、眼球をキョロキョロと動かしたりしている。錯乱しているわけではなさそうだ。自分のことは構わず動けということか？

私の足元には、先ほど殴った蛇人間の身体と、投げ出された短剣がある。私はそれを目だけで確認し、相手に察知されないよう重心を動かした。乾さんと視線を交わしてから、短剣を軽く蹴飛ばす。

「なにを……」

それは石の床を滑り、青い棺にぶつかった。高い音が玄室の中に響く。

男の注意が逸《そ》れた瞬間、乾さんが動いた。身体をねじり、倒れ込むように刃から逃れる。二人の密着状態が解かれた。

ヴェラはその隙を見逃さなかった。コンマ五秒後、男の左眼《ひだりめ》に太い矢じりが突き刺さる。

低く掠れた、苦悶《くもん》の咆哮《ほうこう》が玄室の闇を震わせた。しかし眼と脳を貫かれてなお、男は動きを止めなかった。残る右眼に不撓《ふとう》の憎悪を込めて、波打つ短剣を振りかぶる。

私は既に走り出していた。手前にある水盤に足をかけて跳躍し、倒れた乾さんが刺される直前、男の側頭部に右膝をめりこませる。石扉との間に挟まれ、その頭蓋骨がひしゃげた。男の身体が硬直し、不自然な体勢で乾さんに覆いかぶさる。まもなく手足は力を失い、耳や口などからはどろりとした血が溢れ出した。

「ハァ……」

その執念は恐るべきものだったが、さすがにもう起き上がってくることはないだろう。

「乾さん、大丈夫ですか？　怪我は？」

「ああ……なんとかね。いててて」

蛇人間の死体をどかし、乾さんを助け出す。彼は手首を身体のうしろで拘束されていた。古戸さんにも手伝ってもらい、灰色のダクトテープを切断する。

今や玄室は血の臭いに満ち、私たち以外に動く者はなかった。それでもヴェラは一体一体を確かめ、頭に矢を撃ち込んでいく。その執拗な作業を終えると、ようやく彼女は落ち着きを取り戻した。

「これで、蘇《よみがえ》った分は全員殺したはず……」

「なんとか自爆せずに済んでよかった。とりあえず外に出よう」

古戸さんが提案する。私たちは乾さんに手を貸しながら、地上へ戻った。

静かな発掘現場。頭上には夏の星座が輝いている。生きて玄室から這い出した私たちは、広場の辺縁で闘争の熱を冷ましながら、乾さんの怪我を改めて確認した。幸い、先日の火傷以外に大きなものはなく、せいぜい手荒に扱われたときにできた擦り傷があるぐらいだった。

「結局、あの男に誘拐されたのかい」

「それは多分そうなんだけど、どうやら薬を盛られたらしい。それとも催眠術かな。よく覚えてないんだ。……そういえば古戸、さっき足を火傷してなかったか？」

「いや、靴が多少焦げたぐらいだ」

焦げたというか、ズボンの下部ごと完全に焼失している。しかし周囲が暗くてよく見えないからか、乾さんはそれ以上追及しなかった。ヴェラは気づいているのかどうか分からないが、少なくともこの場で、古戸さんをサタン認定することはなかった。

「しかし、本当に来てくれてよかった。多分あの場で首を切って、血を水盤に捧げるつもりだったんだろう。途中である程度意識はハッキリしてたんだけど、そのときにはどうしようもない状況だった」

「アルコール耐性に助けられたね」

限りなく死に近い状況であったにもかかわらず、ショックがさほどでもなさそうなのは、彼が古戸さん同様の鈍感さを持っているからなのか、あるいは盛られた薬による鈍麻が残っているからなのか。

「ヴェロニカも、ありがとう。凄腕《すごうで》だったね、その……弓が」

「いえ、元々の使命《ミッション》ですから。協力してもらったのは、むしろワタシの方です」

「楠田さんも、……どうしたの？」

「いえ……」

そのとき、私は地下への入口を見つめていた。達成感や安堵《あんど》とは違う気持ちが、頭の中にわだかまっていた。

「古戸さん。蛇人間が敗《ま》けた理由」

「うん？」

「人類の方が、彼らより残虐だったからじゃないでしょうか」

「……面白いね。それはきっと有力な仮説になるだろう。残虐さとは、本能を超えた不必要な特性のようでいて、人類が持つ強力な武器の一つなのかもしれないな」

武器の加工技術、投擲《とうてき》能力、チームワーク、筋力、持久力、生命力、判断力、繁殖力。勝敗を決める要素は数あれど、相手の種そのものを否定し、繰り広げられる血腥《ちなまぐさ》い闘争に、暗い喜悦を持って臨むことのできる特性。それこそが、数万年前、数十万年前の生存競争における趨勢《すうせい》を決したのではないか。地下空間での闘争は、まさにそれを体現していたように思えた。

人類である私たちは蛇人間を恐れた。しかし両者は捕食者と被捕食者の関係ではなく、あくまで同じ地球上の地位を争う相手だった。蛇人間たちもまた人類を恐れただろう。彼らの目に私たちはどう映ったのか。

しかし今や、それを尋ねることはできない。私たちが一体残らず殺戮《さつりく》したからだ。

小休止のあと、私たちは遺跡を破壊することにした。

玄室の上に置いてあった爆薬を改めて屋内に設置し、安全な位置まで退避して起爆スイッチを押す。

くぐもった爆音のあと、地下空間の構造が崩壊し、振動とともに沈没していく。金属板も土砂に呑まれて姿を消した。

「おおっと、みんな、離れろ離れろ」

思いのほか広範囲が巻き込まれ、言い出しっぺの古戸さんが逃げ遅れかける。ヴェラがその手を引き、全員で登山道に逃げ込んだ。

盛大な土埃《つちぼこり》を巻き上げて、蛇人間が造った時代の墓は本物の墓となった。滅亡のあとに残っていた種族の残り火がまた一つ消えた。この場所の後始末や、ほかに残った同種の遺跡は、ヴェラが所属している修道会とやらがなんとかするだろう。

恐竜は絶滅した。蛇人間の文明も消えた。人類の繁栄も永遠ではないだろう。今私が見ている光景は、数千年後、数万年後、あるいはもっとあとになって、進化したイカ人間やカマキリ人間が見る光景かもしれない。

突飛な想像だろうか？　しかし恐竜たち、蛇人間たちは、自分たちの足元を這う人類の遠い遠い祖先を目にして、将来これが文明の担い手になるだろう、自分たちを追い落とす存在になるだろう、などとは想像しなかったはずだ。

とはいえ、ひとまず私たちは明日を勝ち得た。数万年後のことは、数万年後の人間が考えればいい。今日を生き残った私は、麓に戻ったら温泉に入ろうなどと話し合う三人とともに、もはや跡形もなくなった発掘現場をあとにした。

エピソード2

眠れぬ人の夢

友人の真奈加《まなか》が事故に遭ったと聞いたのは、残暑も和らぎはじめる九月下旬のことだった。

私と彼女は高校・大学の同期であり、つい三ヵ月前には共通の友人を訪ねるため、熱海《あたみ》の沖にある離島まで行ったばかりだ。結局その友人に会うことはできず、狂暴な吸血鬼に追い回される羽目になったことも記憶に新しい。

真奈加は春から都内の食品会社に勤務しており、事件のあとも日々忙しく働いていた。頻繁に連絡を取っていたわけではないが、元気にやっているだろうと思っていたので、本人から事故の報告を受けたとき、私は大層驚き、また心配した。

どうやら命に関わるほどの怪我ではなかったようだが、頭を強く打った疑いがあり、精密検査のため入院することになったらしい。

事故の連絡を受けたのが朝の九時ごろ。出勤した私は古戸さんに事情を話し、午後の仕事を休ませてもらった。カウンターで気だるげにしている彼を店に残し、真奈加がいる病院へと見舞いに向かう。

手土産として自宅から三冊ほどの文庫本を持ち出し、地下鉄に乗って病院を目指した。駅からそう遠くない場所にある市立の総合病院は、平日の昼間にもかかわらずかなり混雑していた。地元の整体院や内科医院とは違って、若い患者も多い。

総合案内で面会希望を伝え、入院患者のいる病棟に立ち入る。エレベーターで目的の階に降りると、控えめな冷房が効いたフロアを医療スタッフが忙しそうに行き交っていた。私はナースステーションに寄って面会許可証を受け取り、教えられた病室を探す。

真奈加がいたのは四人用の大部屋だった。白い壁紙に木目調の家具は、ごくごく一般的な病室のそれだ。部屋を覗き込むと、薄ピンク色のカーテンの隙間から、患者服に身を包んだ彼女の姿が見えた。半ばまで起こした電動ベッドに横たわり、目を閉じている。

「真奈加……」

私が声をかけると、彼女はゆっくりと目を開いた。口に手を当てながら大きくあくびをして、こちらに微笑《ほほえ》みかける。

「おはよう」

「おはようって……。こっちはあわてて来たんだからさ」

「ああ……。ごめん、ビックリさせて」

真奈加はぼんやりした口調で言った。どこか変だ。

「それはいいんだけど、大丈夫？」

彼女は点滴に繋がれているわけでもなければ、手足にギプスがはめられているわけでもない。本人の報告どおり、怪我はそれほどひどくないらしい。しかし私は外傷の程度よりも、彼女の様子が気になった。顔全体には疲労が滲《にじ》み、表情もどこか弛緩《しかん》している。メイクをしていないせいでもあるが、目の下には濃いクマが浮き出ていた。溌剌とした普段の印象に比べると、かなり調子を崩しているように見える。普段は張りのある胸も心なしか凹《へこ》んでいるようだ。

「事故ったって言ってたけど、どう事故ったの」

「なんか仕事帰りに幻覚が見えてさぁ」

「……幻覚？」

私はその言葉に虚を突かれたが、今現在、彼女が錯乱している様子はない。手近な椅子《スツール》に腰かけてカーテンを閉め、話を聞くことにした。

真奈加が話すところによると、彼女は数日前から不眠に悩まされていた。眠れなかったり、途中で目が覚めたりするわけではなく、いくら眠っても寝た気がしないのだという。不快感は日中も残り、カフェインも気休め程度にしかならない。

はじめは病院に行こうとも考えなかったが、仕事の能率が目に見えて下がったため、上司に受診を勧められた。うつ病かなにかを疑われたのだろう。

仕事を早退し、事前に調べた心療内科に向かった。その途上、現実の景色と、別の街の情景が重なったように見えた。それに惑ったせいで車道にまろび出て、軽自動車に接触したらしい。

「街ってなに」

「う～ん……、白い街」

「白い街の幻覚？」

「幻覚というかなんというか……」

どうにも要領を得ない。さらに話を聞いていると、真奈加は幻覚に先立って、奇妙な夢を見ていたのだと語った。繰り返し繰り返し、同じような夢、同じような景色を。彼女はあまりに生々しく現実感のあるその街をしばらく彷徨《さまよ》い、翌朝ぐったりと目覚めるのである。

私は夢分析の専門家ではないので、その白い街とやらがなにを意味しているのかも分からない。精神疾患にしても聞いたことのない症状だ。

「まさかとは思うけど怪しいクスリとか」

「ないない」

軽い冗談で和ませてから、持参してきた本を渡す。あまり考えずに読める種類のものだが、集中力が低下している人間への土産としては不適当だったかもしれない。

「あとね……」

ふと、真奈加がなにか言いかけて口ごもった。

「なに？」

「看護師さんが話してるのをちょっと聞いちゃったんだけどさ。不眠とか幻覚とか、最近やたら多いみたい。みんな同じような夢を見てるんだって」

患者同士の無責任な噂《うわさ》ならともかく、スタッフが話しているというのは不穏な感じがする。多いというのはどれくらいなのか。同じというのはどういう点でなのか。

意味《シンクロニシティ》のある偶然の一致というヤツだろうか？　たとえそうだとして、一体なんの意味があるのかは想像もつかない。

「変な病気だったらやだなあ。寝れないって辛い……」

「とりあえず休暇だと思って、ゆっくり休んだら」

「休めないから困ってるのに」

失言だった。素直に詫《わ》びる。

見舞いに来たはいいものの、真奈加が抱える不調はなにやら得体が知れず、私は余計に心配を募らせてしまった。しかし心配したところでなにができるわけでもなく、お喋りで彼女の不安を和らげ、慰めるのがせいぜいだった。結局、私は一時間ほど病室に滞在し、なにか困ったらいつでも頼ってくれと言い置いて、その日は病院をあとにした。

＊

真奈加が事故に遭ったことは気の毒に思ったし、病室で語られた特異な症状は気がかりだったが、彼女を見舞った時点での私は、それが自身に深く関係するとは考えていなかった。

実際に、彼女の話と同じ、白い街の夢を見るまでは。

真奈加の回復を祈りつつ家に帰った晩のこと、私はいつもより少し早くベッドに入った。元々入眠にそれほど苦労するタイプではなく、この日も比較的すんなりと意識を手放したように思う。

次に目を覚ましたとき、私は石畳の広場に立っていた。

空の色は濃く鮮やかな青。降り注ぐ乾いた日差しは、石や漆喰《しっくい》に反射して目に痛いほどだ。数度瞬きをしながらあたりを見れば、四角い広場は密集した白い建物に囲まれている。平らな屋根のものも多いが、青く丸い屋根を備えているものもある。それらが数十、数百と、広い範囲の斜面にへばりつくような形で、秀麗な市街を形作っていた。

眼下に見える瑠璃色の海からは、潮の香りを含んだ温かい風が吹く。おそらくここは島か半島の先端だ。日本でないのは間違いない。

夢の中にあって、このようにはっきりと物事を知覚し、詳細な観察・思考ができるのは不思議な感じがした。もし真奈加の話がなければ、私はこれを美しい夢として、虚心に味わうことができただろう。

しかし私は既に知ってしまった。そしてなにより、直感的に理解してしまった。この夢がなにか奇妙で不穏な、そしておそらくは害を為《な》すものであろうことを。

ぎゅっと目を瞑り、全身に力を入れて覚醒を試みる。悪い夢を見たとき、私はよくこうするのだが、さすがにそう簡単な話ではないらしい。

さて、どうしたものか。しばらく佇んでいてもなにかが起こる気配はない。空を飛ぶことも手から気弾を放つこともできない。今のところ景色が綺麗《きれい》なだけの、起伏やドラマ性に欠けた夢だ。

そのうち大人しくしていることに飽きた私は、広場を出て街中を歩きはじめた。考えごとをしたり、色々なものを観察したりしながら、気づいたことをいくつか心に留《とど》めておく。

まず私は自分の服装を確認した。身につけているのは部屋着兼、寝間着兼、トレーニングウェアのジャージ。これは寝ていたときにも着ていたものだ。特に変わったところはない。裾のほつれも現実どおり。靴も靴下も履いていない。

それから街を歩いている人を眺めてみた。見た限り日本人しかいないように思える。そしてTシャツだったりスウェットだったりという小さな違いはあるものの、ほとんどの人間は寝間着のようなものを身につけていた。話しかけてみる勇気はなかったが、彼らもまた慣れない場所で困惑しているような気がした。

そして道や建物、街の地形を確認する。私も方向感覚のある人間ではないが、どう考えてもこの街は物理法則を無視して空間が接続されている。階段が壁の中に消えていたり、斜面を登っていたと思ったら下りていたり、構造物の内部に入ったと思ったらそこが広場だったりする。この一点だけを見ても、やはりここは夢の中か、少なくとも私が普段暮らしている世界とは違う場所だ。

白い街を三十分ほど歩いていると、図らずも海岸に出た。いわゆる南国のようなビーチではなく、ゴツゴツした火山岩と灰色の砂から成る、どこかうら寂しさのある場所だった。それでも私同様ここに辿り着いた迷い人は多いようで、ざっと十人ほどが所在なさげに佇んだり、座り込んだりしていた。

海原は太陽の光を受けて照り輝き、そこから吹く乾いた風が私の髪を揺らす。振り返れば白い建物群が、細密な壁画のようにこちらを見下ろしていた。美しいが、どこまでも馴染みのない場所だ。これが一般的な夢と同じく、脳内に蓄えられた情報から再構成されたのだとすれば、それは誰のものだろうか？

私がぼんやりと水平線を眺めていたとき、手前の海面が前触れなく盛り上がり、水飛沫《みずしぶき》とともになにかが浮かんできた。穏やかな景色を打ち破って出現したのは、海藻のような濡れ髪を額に貼りつけた、細く筋張った肉体だ。

突然のことに慄《おのの》きあとずさった私は、一瞬あと、それが嫌と言うほど見慣れた存在であることに気がついた。

全裸の古戸さんだ。

腰まで海水に浸《つ》かった彼は、やたらと鼻につく仕草で髪をかき上げた。滴る水が不健康な身体を伝い、あるいは潮風に吹き散らされて虹を作った。それからはじめて全裸であることに気がついたようで、口を曲げるような表情をして腕を組む。

「地中海に楠田さんとは、面白い組み合わせだね」

呆気《あっけ》にとられて逃げ遅れたところに、変態が話しかけてくる。できればそのまま沈んでほしかった。

「はあ」

「全裸で寝るとこんなに爽やかな夢が見られるなら、毎日でも続けてみるべきかな」

「全裸は関係ないんじゃ……」

古戸さんがざばざばと上陸してくる。私は男性の裸に過剰反応するようなタイプではないが、さすがに直視は憚られた。彼は斜面に貼りついた市街を眺め、ふーんと唸《うな》る。そういえば、いつもの眼鏡を身につけていない。

「ここって、どこなんですか」

「ん？　景色からすると多分、サントリーニ島だろう。ほらあそこ、ギリシャ国旗がある」

指さされた場所を見ると、確かに青と白の国旗がたなびいている。なるほど、ギリシャ。しかしなぜギリシャ？　私が首を傾げている間に、古戸さんは足元の砂をいじったり、周囲の人に話しかけようとして逃げられたりしている。

三人目に逃げられてから、古戸さんはとぼとぼと戻ってきた。

「合言葉を決めよう」

「はい？」

私は発言の意図が理解できず、思わず聞き返した。

「ここにいる君が幻影でないということを、現実世界で確かめてみたい」

きっと古戸さんも私と同様、ここを夢であって夢でない場所として認識しているのだろう。不思議な出来事に臨む姿勢がいかにも彼らしい。

「例えばそうだな。楠田さんが僕に対して、昨日どんな服を着て寝たか、というのを質問するというのはどうだろう」

「嫌です。変態みたいじゃないですか」

「そうかなあ」

古戸さんは顎に手を当てて考える。全裸で。

「仕方ない。シンプルに、昨日どんな夢を見たか聞くことにしよう。嘘《うそ》をついて僕をからかわないように」

「できれば今の光景は忘れたいんですけど」

「ダメだ。焼きつけなさい」

「…………」

この方法が最善なのかは分からないが、やってみるだけやってみよう。私はため息とともに頷いて、合言葉の件を了承した。

「よろしい。じゃあ、どうするかな」

「服を着ましょう」

「ああ」

古戸さんは登場したときとほぼ同じ仕草で、自分の身体を見下ろした。

「確かにこのままだと風邪を引きそうだし、局部をアレしているのも楠田さんに失礼だね」

とはいえ私のジャージは貸したくないし、周囲の人々から奪うのも気が引ける。仕方なく民家の庭先に侵入し、干してあったシーツを拝借した。それを腰に巻いた古戸さんは、彫りの深い顔立ちも相まって、古代ギリシャの哲学者みたいに見えた。道行く人に論戦をふっかけて爪はじきにされ、最後は放逐されるか処刑されるタイプの哲学者。

古戸さんのアレした局部を隠したあと、私たちは海岸を離れて市街に戻った。その道中、私は真奈加から聞いたことを詳しく話し、古戸さんにコメントを求めた。驚いたことに、古戸さんも似たような、しかしまったく別人の事例を見聞きしていた。

「そして今や我々も、白い街に迷い込んだ。条件はなんだろう？　タイムリミットは？」

「タイムリミット？」

「君の友達はどんどん弱っていったんだろう？　睡眠なくして人は何日も活動できない。薬かなにかで起こすことはできるだろうが、まともにものを考えるのは難しくなるだろう。あとは何週間かかけて廃人になるか、どこかでコロッと死んでしまうか」

確かにそうだ。たかが夢、たかが睡眠と侮ることはできない。いつか心理学のテキストで見た断眠実験の最高記録は八日ほどだったか。ネズミは二週間で死んだという話も聞いたことがある。真奈加が前後不覚になったのは、夢を見始めて四日目。

古戸さんは目を細めて、広場を横切る人々を眺めている。

それを追った私の視線は一人の少女に留まった。年齢は八歳か九歳ぐらい。少女自体が珍しかったわけではない。それくらいの年齢の子供はほかにも見た。気になったのは彼女の服装と持ち物だ。

街で見たほぼ全ての人間が寝間着や部屋着姿でいる中、この少女が身につけているのは灰色のワンピースだった。そういう格好で寝る人間がいないとは言えないが、今は嫌でも目についた。変わった点はもう一つある。彼女はバレーボールほどの大きな卵を抱えていた。薄黄色のそれはふわふわしたぬいぐるみでも枕でもなく、硬い殻に覆われた本物の卵に見えた。明るい屋外ではよく分からないが、内部が薄ぼんやりと光っているような気もする。

少女は私や古戸さん、そして街を彷徨う人々とは明らかに異質な存在だった。

私がゆっくりと歩み寄ると、彼女もこちらに気づいた。しかしその直後、怯《おび》えたような顔で踵を返し、卵を抱いたまま走り去ろうとする。

「あ……、ちょっと」

私は逃げる少女を追った。彼女はこの場所についてなにか知っているかもしれない。

街の景色が通り過ぎていく。白い壁に挟まれた路地、見晴らしのよいテラス、十字架を戴《いただ》いた教会、小さな青い扉、鮮やかな紅の花が咲く庭。石畳を踏み、壁を乗り越え、ぼんやりしている人々を避け、ときには軽く突き飛ばす。

少女の足は決して速くなかったが、彼女は街の歪《ゆが》みをものともせず、すいすいと距離を稼いだ。一方の私は、不自然な行き止まりに阻まれたり、突然現れた段差で転げ落ちそうになったりして、中々追いつくことができない。

やがて私は少女の姿を完全に見失ってしまった。十分以上走り回っただろうか。額に浮いた汗を拭い、大きく息をつく。裸足の裏がじんじんと痛い。

あたりを見回せば、そこははじめに立っていた広場だった。遠回りした挙句、元の場所に戻ってきたことになる。

徒労を募らせた私はふらふらと広場の隅に行き、適当な場所に座り込んだ。やがて古戸さんがのそのそと追いついてくる。腰布がずり落ちそうになっているので、指摘して直させる。

「捕まえられた?」

「いえ……」

あの卵はなんなのか。それを抱いている少女は誰なのか。現実に存在する人間なのか。

休憩を取りながら二人して首をひねっていると、私は不意に眼前が暗くなるのを感じた。

時間切れ。それは覚醒の前兆だった。白い街の夢が、無意識の深みに沈んでいくのが分かる。踏《ふ》み止《とど》まろうとしたところで、意志の力ではどうにもできない。私は古戸さんになにかを言い残す間もなく、現実世界へと引き上げられていった。

*

翌朝の目覚めは最悪だった。ベッドの中にいた時間はいつもより長いくらいだが、頭には前日の疲労が色濃く残っていた。脳内でなにかが腐敗して、じくじくと有毒な汁を滲ませているかのようだ。単純な眠気とは違う、ひどく不快な状態だった。

私は半ば無駄だと思いつつ再び目を閉じ、取り損ねた休息を取り返そうとしたが、数十分横になっていても、執拗な覚醒感がちくちくと頭蓋をつつくだけだった。

私は眠りを喪失したのかもしれない。しかしそれがなにを意味するのかはまだピンとこない。

さらに十分ほどしてからようやく観念し、身を起こす。時刻は九時前。古戸さんは起きているだろうか。店の電話ではなく、彼個人のスマホにメッセージを送る。

〈すみません。今日ちょっと体調が悪いので、仕事をお休みさせてください〉

それほど間を置かず、返信があった。

〈僕も珍しく体調が悪い。夢見が悪かったせいだろう〉

私は古戸さんが夢の中で提案した合言葉を思い出す。

〈なんの夢ですか〉

メッセージを送る。

〈白い街の夢だ〉

〈全裸で〉

〈それは別に覚えていなくてもいい。古書堂に来られる？　店は閉めよう〉

〈分かりました。じゃあ一時間後に〉

〈なんだか熱もあるような気がする〉

〈それは裸で寝たからじゃないですか〉

夢の中では事態の深刻さを認識している風だったのに、この気の抜けた文章はなんだ。気分が悪いせいか、やけに腹が立つ。

ともかくこれで、白い街がただの不思議な夢などではなく、複数の人間が体験を共有できる、なにかしらの異世界だということが分かった。そこがどんな場所なのか、なぜそんな場所に転移する羽目になったのかは分からない。しかしなにもしなければ、健康な睡眠を奪われたまま、じりじりと死に向かっていくことだろう。真奈加のケースを考えれば、猶予はあまりなさそうだ。

できれば家で休んでいたいが、そうも言っていられない。外出の準備には普段より時間がかかった。効率よくルーチンをこなす能力が低下しているのだ。顔を洗って鏡を見たところ、目つきや血色がかなり悪くなっている。まだ薄化粧でも正視に耐える程度のはずだが、そもそも繊細な化粧をする気力もない。

結局、家を出たのは十時半ごろ。玄関の扉を開くと、屋外の明るさがやたらと暴力的に感じられた。真奈加はきっと今の私以上にひどい状態で電車通勤し、仕事をこなしていたのだから、本当に大したものだと思う。あるいは社会人なら当然備えるタフネスなのだろうか。

普段使っている道を通って商店街を横切り、滴水古書堂まで歩いていく。商店街のBGMや雑踏さえ、尖った刺激となって耳を苛《さいな》んだ。目的地が近いのはせめてもの救いだったが、この状態が続くと思うと気が滅入《めい》る。

古書堂の店先。いつもならば既に営業時間中だが、扉には休業中の札がぶら下がったままだ。私は預かっている合鍵を使って中に入り、姿を見せない古戸さんを呼んだ。

一呼吸おいて、居間の方から入ってくるよう促す声が聞こえた。靴を脱いでそちらへ向かうと、ノートパソコンのモニタをじっと見つめている古戸さんの姿があった。

私は積まれている本の山を崩さないよう、古戸さんの対面に腰を下ろした。漆塗りの座卓に肘をつき、ぐったりと体重を預ける。

「おはよう」

古戸さんはモニタから目を外さずに言った。元々の顔色が悪いので分かりづらいが、その声にはやはり、普段とは違う種類の疲労が滲んでいるようだった。

「なにを見てるんですか」

「連絡を取ってるのさ」

「誰と」

私が尋ねると、古戸さんはノートパソコンを反転させ、モニタを私の方に向けた。

うねる触手のようなものが描かれた黒い背景に、極彩色のロゴ。それは国内外の新聞記事、論文、画像、動画が引用・紹介され、独自の注釈がつけられたブログだった。カテゴリは様々だが、どの記事にも怪奇やオカルトといった共通の要素があるようだ。

ページのトップには〝メヒコーマ〟とある。ブログのタイトルだろうが、意味は分からない。

「見たことある？　このサイト」

私は首を横に振った。

「知り合いが運営してるんだ。彼女は僕にない情報網を持ってる。今回の件でアドバイスをもらおうと思って、さっきメッセージを送った」

「女性なんですか？」

「うん。みことのバアさんの姪《めい》だ。あまり得意なタイプじゃないんだけど、背に腹は代えられない」

鎌倉で薄命堂《はくめいどう》という古本屋を営むみことさん。私は奇妙な魔導書を巡る事件で一度、その後も仕事で二度ほど会っていたが、彼女に姪がいたというのは知らなかった。

果たしてまともな人だろうか？

「それはひとまず置いておいて、改めて情報を――」

私が切り出したとき、インターホンが鳴った。来客のようだが、古戸さんは立ち上がる気配を見せない。

「面倒だ。居留守を使おう」

あまり褒められた態度ではないが、今の状況ならそれも致し方なしか。

しかし客は諦めることなく、二度三度とインターホンを鳴らす。

「古戸くーん？　入るよー」

若い女性の声が響くと、古戸さんはわずかに表情を変えた。どうやら早速、例の人物がやってきたようだ。客人はこちらの返答を待つことなく玄関を開け、慣れた足取りで居間に姿を現した。

「なんで出ないの」

腰に手を当ててこちらを見下ろす女性。年齢は私と古戸さんの中間ぐらいだろう。ゆるくウェーブのかかった長い髪、赤い縁の眼鏡、黒いストライプのロングスリーブと薄い色のジーンズが、ほっそりとした身体によく似合っている。

「言っただろう。体調が悪いんだよ」

ふん、と鼻を鳴らした女性は、そこではじめて私に気づいたようだ。腰をかがめて鼻先を近づけ、その琥珀《こはく》色の瞳で私の目を覗き込んだ。

「古戸君の恋人？　若いねー」

急に距離を詰められた私は面食らい、咄嗟《とっさ》に反応できなかった。

「二月からウチで働いてる楠田さんだ」

「へぇ……、こういうタイプが好きなんだ」

ほらね、という視線が古戸さんから私に投げかけられる。平常時ならその様子に愉快さを覚えるかもしれないが、今は楽しむ余裕がない。

「どうも、藤安那《ふじあんな》です。安いに那覇《なは》市の那であんな」

目の前に差し出された手を握る。指は細いが力強い手だった。連絡を受けてから古書堂を訪れるまでのスピードを考えても、エネルギッシュな人物であるのは間違いなさそうだ。

「古戸君、コーヒー淹《い》れていい？」

「ああうん。僕の分も、薄めで。楠田さんも飲む？」

「いただきます」

「じゃあ三人分」

「はいはい」

すたすたと台所に消えていく安那さんの背を見ながら、古戸さんが小さくため息をついた。

「まあ、ああいう感じだ。距離感の摑みづらい人だけど、楠田さんならそのうち慣れるだろう」

「アドバイスを請う立場ですし、別に……」

事実、この数ヵ月で出会った個性の強い面々と比べれば、安那さんはまだしも常識的に見える。もっともそれは初対面の印象に過ぎないので、実際はもっと破天荒な人なのかもしれない。

五分後。淹れられたコーヒーは地獄のように黒かった。安那さんの好みであるらしく、これでもオーダーどおり薄めに作ったという。古戸さん曰《いわ》く、彼女は常人なら致死量に達するほどのカフェインを日常的に摂取しているとのことだった。

地獄のコーヒーは当然悪魔のように苦かったが、ミルクを入れればなんとか飲めた。頭の不快感が払拭されるには至らないものの、その味と香りで、多少思考が滑らかになったような気はした。

「はい、じゃあ事情を説明して」

三人でテーブルを囲み、白い街の夢に関する情報を共有する。

「概要は大体連絡したとおりだ。僕はまずみことのバアさんから聞いたんだよ。本人じゃなくて、茶飲み友達が何人か、変な夢を見てるってね。ちょっとアンテナに引っかかる部分があったから、色々と調べてた」

「みこと伯母さん、なんで私に相談しなかったのかな」

「すぐ記事にされると思ったんだろう。僕の方が信頼されてる」

「どうだか」

「今日あたり、その夢を見た人に話を聞いてみようかなとも思ってたんだ。当の僕が夢を見る羽目になったのは……手間が省けたと言えば省けたけど、こんな体調になるのは想定外だったね」

脳や自律神経への直接攻撃は、古戸さんでも辛いらしい。

「もっと想定外だったのが、楠田さんも同じ体験をしたことだ。夢の中で偶然出会って気づいた」

夢の中で出会ったという言葉はロマンチックだが、実際は全裸の古戸さんが海面から出没したのだから、情緒もなにもあったものではない。

水を向けられた私は、真奈加のこと、ほかにも同じような事例が多くあるらしいこと、そして古戸さんが伝え漏らした、卵を持った少女のことを話した。

話を聞くにつれ、安那さんの表情は徐々に真剣味を帯びていった。赤い縁の眼鏡の奥で、情報と情報を繋ぎ合わせるように、目をくるくると動かしている。

「その真奈加ちゃんっていうのは、東京の人？」

「いえ、勤め先は東京ですけど、住んでるのはこのあたりです」

その言葉に安那さんは表情を渋くし、私たちが知らない事実を語りはじめた。

「これはまだ記事にしてないけど、今の話と関係するかもしれない」

彼女は身を乗り出して、内緒話をするように声を低くした。

「ここ二週間ぐらいかな。逗子《ずし》鎌倉あたりでね、不審な死が報告されてるの。詳しい死因は不明だけど、彼らは一様に精神錯乱を呈してたみたい」

「報告って、どこから」

「ま、独自の情報網でね。とっかかりはSNSが多いかな。ただ、それは今のところ重要じゃない。ニュースバリューとして大きいのは、彼らもまた白い街の夢を見ていたのではないかということ。それから事象が一過性のものではなく、徐々に範囲を拡大させていること」

「つまり、夢は伝染している」

古戸さんが言うと、安那さんは眼鏡を煌《きら》めかせた。

「そして、おそらくは致死的である」

場に少々の沈黙。私はコーヒーを一口飲んだ。死の可能性について一応は認識していたものの、改めて言葉にされるとさすがに気が重くなる。

「伝染するって言っても、まさか菌とかウイルスで伝染《うつ》るわけじゃないですよね」

「そうだなあ……」

古戸さんは不精髭《ぶしょうひげ》の伸びた顎を撫でた。

「似たようなものではあるだろう。白い街の夢を症状として捉えるべきか、あるいは感染因子と捉

える べきか……」

「余裕ぶっちゃって。大事なのはどう伝染るかじゃなくて、どうすれば死なずに済むかでしょ」

安那さんが呆《あき》れたように言う。

「元凶を断てばいいんでしょうか？」

「オカルト的に考えるならそうね。医学的になんとかなるなら、病院とか役所に任せておけばいいし。そのために私を使うつもりだったんでしょ？　古戸君。オカルト的な知見が必要だとか言って。いつか埋め合わせはしてもらうからね」

「ノリノリで来たくせに」

古戸さんがぶつくさ言うのを鼻息で受け流し、安那さんは人差し指でテーブルを叩く。

「夢が同時多発的に生じたのでなければ、最初に夢を見た人間がどこかにいるはず。その周りを洗えば、原因に辿りつけるかもしれない」

「でも、逗子鎌倉ってだけだとかなり広いですよ。誰が夢を見たのかっていうのも、外からだと分からないし」

「そこは心当たりがあるから大丈夫。でも由宇子ちゃん、やけに物分かりがいいね。伊達《だて》にここでバイトしてないわ」

私は乾いた笑いを漏らすしかなかった。

「悪いけど安那さん、運転は頼んでいいかな。この状態で運転したら、衰弱死する前に交通事故死しそうだ」

「どうせそういうことになると思ったから、車で来たの。ゆっくり居眠りでもしてなさい」

＊

古書堂のある横浜から、バイパス道路を経由して逗子へと向かう。安那さんが乗ってきたという車は、彼女の眼鏡と同じ赤い色のコンパクトカーだった。高級車というわけではないが、以前使っていた古いライトバンに比べると、乗り心地が天と地ほども違う。

最初の目的地は、安那さんが普段出入りしている新聞社だった。ローカルな情報を集めるためには、こういう場所にも足繁《あししげ》く通う必要があるのだという。

道中、私は窓にもたれかかって目を閉じていたが、微睡《まどろ》みが訪れることはなかった。夜になったら、少なくとも眠ることはできるのだろうか。目蓋を貫通してくる陽光に顔をしかめながら、逃れようのない不快感に耐える。

時刻は正午。目的地の近くで、一旦休憩を挟むことになった。海沿いのカフェで昼食を摂る……はずだったのだが、このとき私の内臓は、睡眠不足と過剰なカフェインと車の振動によって、名状しがたいヘドロのカクテルと化していた。

とても食事をするどころではない。私は爽やかな風を求め、フラフラと海岸に彷徨い出た。

そこは湘南《しょうなん》でも屈指の人気を誇る広い砂浜だ。ハイシーズンは市の内外から訪れる海水浴客でごった返すようなスポットだが、夏の終わった今この場所を訪れているのは、ウエットスーツに身を包んだサーファー、犬の散歩をしている地元住民、水の冷たさなどものともしない子供たちや、それを見守る保護者など。

昼下がりの穏やかな光景が広がる中、寄せては返す吐き気の波が襲ってくる。致命的だったのが浜に打ち上げられた海藻で、その強烈な磯《いそ》臭さが、私に残っていたなけなしの我慢を払底させた。

コンクリートの護岸に手をついてゲロゲロやっていると、背後から誰かが近づいてきた。

「お姉さん、大丈夫？」

私は口元を押さえながら振り返る。声をかけてきたのは小学校高学年ぐらいの兄妹《きょうだい》だった。兄の方は両手でゴムボールを抱えている。

「ありがとう……。ちょっと、大丈夫じゃないかも」

朝食を抜いたので排出量はそれほどでもない。その代わりきつい胃液の味が口内に残った。

「お水買ってきてあげようか？　救急車呼ぶ？」

心配そうな顔の妹が言った。せっかくなので私は彼女に五百円玉を渡し、自分たちの分も買っていいよとお使いを頼む。保護者に見られたら怒られるかもしれないが、道端で吐いている人間に手を差し伸べられる殊勝な子供には、これぐらいの対価があってしかるべきだろう。

戻ってきた兄妹と少し日当たりのよい場所に移り、一緒に休憩する。胃を空にして水分を補給すると、気分はいくらかましになった。

「ちょっと聞きたいことがあるんだけど」

改めて兄妹に礼を言ったあと、私は尋ねた。

「このあたりで、寝不足だったり、見えないはずのものが見えたりする人って増えてる?」

兄の方はきょとんとしたが、妹の方には反応があった。

「それって呪いのことかも」

呪い。無視できない単語だ。さらに詳しく聞く。

「半年前に隣の学校の女の子が殺されたの。その女の子が夢に出てきて、その夢を見た子は死んじゃうんだって。友達が噂してた」

今起こっていることの発端にしてはやや古い事件だが、夢という共通点が気にかかった。もし白い街の夢が殺された少女の呪いだとすると、原因を断つにはどうすればいいのだろうか。

「その女の子って、卵持ってなかった? そのボールぐらいの」

重ねて尋ねるも、反応は芳しくない。

「卵? 分かんない」

私はほかにも色々と質問してみたが、彼女が知っているのはごく漠然とした噂程度のもので、それ以上詳しい情報は得られなかった。隣の学校や事件の関係者にインタビューすれば分かることもあるのだろうが、セキュリティや個人情報保護にうるさい昨今、あまり現実的な手段ではない。

しかし子供が殺されたというのが真実ならば、確実になんらかのニュースにはなったはずだ。これから行く新聞社で、その情報も探してみよう。

「お姉さん、ちょっと元気になった？」

コーラの缶を飲み干した兄が、けふっと息を吐く。

「うん。ありがとう。ジュースのこと、お父さんお母さんには秘密ね」

そうして私は親切な兄妹に別れを告げ、古戸さんたちが食事を終えるまで、砂浜をぶらぶらと歩いて時間を潰した。少しはカロリーを摂っておくべきかと思い、コンビニでゼリー飲料を買う。

三十分ほどしてからコンパクトカーのところまで戻ると、まもなく二人が店を出てきた。

「気分どう？　由宇子ちゃん」

「少しよくなりました」

「新聞社はすぐそこだから、もうちょい我慢してね」

それぞれの昼どきを過ごした私たちは、車に乗って新聞社を目指す。十分ほど走ると、逗子の中心部を少し通り過ぎたところに、それらしい小さな社屋が見えてきた。建物の前には〝東斗新聞〟と記された看板があり、社用車と思《おぼ》しき白いセダンが二台停められている。

セダンの横に車を置き、安那さんに従って新聞社へと入る。古戸さんが静かなので様子を見ると、私よりやや遅れて吐き気に襲われているようだった。

到着する前はもっと大規模な会社を想像していたのだが、よくよく聞いてみればローカル紙を発行する編集部の離れ小島で、オフィスにも数人の記者が在籍している程度だそうだ。全員が安那さんの顔見知りであるらしく、目つきの悪い私と古戸さんを不審人物として警戒しながらも、特に深く詮索することなく資料室に通してくれた。

「じゃあ、こっちは任せてもいい？　一通り聞いたら合流するから」

安那さんは記者たちに直接インタビューし、私たちは資料を漁《あさ》ることになった。金属の書架にびっしりと詰まった新聞のバックナンバーは、ざっと数十年分といったところか。電子化されていれば楽なのだが、残念ながらそうではないようだ。

「古戸さん、新聞の上に吐かないでくださいね」

「まあ僕の場合、文字を見つめていた方が気分は楽になるだろう」

そう言いつつ、白い顔で書架に手をついている。

先ほど海岸で聞いたことについては、既に共有してあった。分担として、睡眠不足および夢に関する死や事件については古戸さんが、半年前に起こった殺人については私が調べることになった。

「死んだ人間の呪いって、実際にあるものなんでしょうか」

膨大な記事を流し見しながら尋ねる。

「そりゃなくはないよ。ただ考えてみなよ。一年に何人の人間が死んでると思う？　一個一個は不幸だし、恨みが強いケースもあるだろう。でも死ぬことはもちろん、殺されることも――現代日本ではともかく――普遍的な出来事だよ。単独でこれほど強い影響を及ぼすケースがあるかというと、どうだろうね。平将門《たいらのまさかど》クラスにならないと」

言われてみれば確かにそうだ。利用者の多い駅、介護施設、病院、刑務所、普通の住宅街だって日々人は死んでいる。今だって世界中で戦争や紛争があるし、前の世紀はもっと派手にやっていた。その一人一人に、殺人事件の被害者と同じくらいの恨みや無念がなかったと決めつけることはできない。

「でも例えば数が集まるとか、生きてる人間が干渉したりすると、ときたま変なことになる。鎮魂や葬儀っていうのは、そういう万が一を防ぐための役割も果たしてるんだよ。もちろん生きてる人間に対してもね。この人はちゃんと死んだんだから、変なことをしないように、って納得させるための儀式でもあるんだ」

「へえ……」

薄暗い資料室で、古戸さんの陰気な講義を聞きながら紙をめくる。頭の回転が鈍っているせいで、文章が思うように読めない。それでも指で文字列をなぞったり、呪文のように音読したりしながら、ちまちまと情報を処理していく。

文献漁りをはじめて三、四十分は経《た》っただろうか。私はついに目当てのものを見つけた。半年ほど前に逗子で発生した殺人事件の記事。同じ時期に発行された複数の媒体にも、それに関する記載がある。事件の概要はこうだ。

被害者は軽部《かるべ》かれん。当時の年齢は八歳。ある日学校から帰らず、両親が警察に通報したところ、二日後に遺体が近くの雑木林で発見された。犯人は地元に住む三十代無職の男。悪戯しようとしたが、抵抗されたので殺した、というのが犯行の動機。

そこをとっかかりとして、続報を漁っていく。

罪状は殺人と死体遺棄。検察の求刑は懲役二十年で、判決は十八年。被告は控訴せず、そのまま結審した。余罪が追及されたり、遺族が事件を起こしたりといったことはなかったようだ。

私は強張った目頭を揉《も》みながら、先ほど古戸さんが言ったことを考える。確かにこれは痛ましい事件だ。しかし似たようなことは毎年のように起こっている。この記事から、なにか呪いを撒き散らすような要因は見て取れない。

薄黄色の卵やそれに関連する情報がありはしないか。念のため隅々まで探してみたが、それらしきものは見つからなかった。

しかし一つだけ、有用な手がかりを得ることができた。かれんちゃんの顔写真だ。それは解像度の低い小さなものだったが、彼女の顔を正面から捉えていた。

夢に出てきた少女の顔を、私ははっきりと記憶していなかった。しかし写真を目に焼きつけておけば、もし次に会ったときに判断できる。そしてそのためには、もう一度あの白い街に行く必要がある。

ほどなくして、古戸さんも別の手がかりを掘り当てた。

「伊勢谷郷《いせやごう》。彼がおそらく最初か、それに最も近い犠牲者だろう」

はじめて白い街に誘われ、死に至ったと思われる人物。記事によれば、市内に在住している画家の伊勢谷氏は、自宅の浴室で倒れているところを家事代行の女性に発見され、まもなく死亡が確認された。伊勢谷氏は県内で活動する油絵画家で、大学教授なども務めた経歴を持つ。伊勢谷氏に重篤な持病はなかったが、数週間前からたびたび不眠を訴えていたことが、女性への取材で分かっている。

年齢は八十七歳。それを考えればただの病死という可能性もなくはないが、やはり不眠というワードが引っかかる。

「有名人だったなら、きっと住所も分かる。安那さんに聞いてみよう」

気づいてみれば、私たちは二時間以上も資料室に籠っていた。薄暗い資料室を出ると、オフィスには若い女性の事務員が一人だけ。安那さんの居場所を尋ねると、おそらくお茶に行ったのだろうとのことだった。

「楠田さん、よく覚えておくといい。これが搾取の構造だ」

古戸さんは文句を言ったが、口振りはどこか慣れている風でもあった。私たちは彼女の帰りを待たせてもらいながら、今後の方針について話し合った。

安那さんが戻ってきたのはそれから十五分ほどあとのことだった。差し入れとして買ってきてくれたフルーツゼリーを食べながら、私と古戸さんは資料室で得た情報を彼女に提供した。

「この伊勢谷さんは、オカルト界隈《かいわい》で有名な人だったりするんですか？」

「いや、少なくとも私は知らない。住所は調べればすぐに分かると思う。とりあえず家に行ってみる？」

　現在時刻は午後三時。家族が在宅しているかどうかはともかく、訪れるのに失礼な時間ではない。安那さんが確認したところ、車で五分もかからない場所にあるようだ。

「案外早くカタがつくかもね」

　彼女は袖をまくってやる気を示す。

「安那さん、これ、記事にするの？」

　古戸さんが尋ねた。

「もちろん。問題ある？」

「いいや。でも実体験までしといた方が、文章を作りやすいんじゃないかと思ってね」

「なに、私にも夢を見ろってこと？」

「ただのアイデアだよ。とっとと済ませたければそれでもいい」

「んー……」

　安那さんは細い腕を組んでその提案を吟味した。主張には一理ないこともないが、古戸さんのことだ、なにか邪《よこしま》な意図があるのではないかと疑ってしまう。そもそも命の危険があるという話なのだが、それはお互いちゃんと認識しているのだろうか？

「まあ、古戸君の提案だと思うと気に喰《く》わないけど、そういうのもアリかもね。由宇子ちゃんは大丈夫？」

「安那さんがいいなら構わないですが」

「伝染するなら、近くで寝た方がいいのかな？　ちょっとホテル探してくる」

判断もそうだが、方針が決まったあとの行動も速い。彼女はスマホを片手に立ち上がり、意気揚々とオフィスから出ていった。

「古戸さん、あの提案、なんか意味あるんですか？」

その背中を見送りながら、私は尋ねた。

「ただの腹いせ。……というだけでもない。ちょっと思い出してウチで調べたいことができたもんだから」

「え、じゃあ私だけで安那さんと泊まることに」

「そうなるね。彼女は女性も愛せるタイプだったりするけど、さすがにベッドは別々にしてくれるだろう。そもそもの話、近くにいる必要もないのかもしれないけどね。せっかくだから、ブロガーとしてお金を稼ぐコツでも聞いてきたら」

「えー……」

無責任だとは思いつつ、残ってくださいとも頼みたくなかった私は、渋々ながらその方針に同意した。

かなり早い段階から帰宅を決めていたらしい古戸さんは、その後、安那さんの嫌味を躱しつつタクシーを捕まえ、あとは任せたとばかりにさっさと駅へと向かってしまった。残された私たちは、安那さんが確保した鎌倉のゲストハウスまで移動し、身体を休めることにした。

規模は小さいが立派な前庭を持つ建物に入り、受付を済ませると、合宿所のような大部屋に案内された。女性専用スペースではあるらしいが、外国人を含む観光客も同室していて落ち着かない。

ひとまず陽が落ちて眠りやすくなるまでの間、私は畳の敷かれた共有スペースでだらりと過ごすことにした。隣にいる安那さんはボトルで買ったアイスコーヒーを、スポーツドリンクのようにグイグイ飲んでいる。

「安那さんは、古戸さんとつきあい長いんですか」

カフェインの血中濃度がいまだ高い私は、白湯《さゆ》を時折口に含みながら尋ねた。

「恋人なのに、あんまり聞いてないのそういうこと」

「恋人ではないです」

「私が大学を卒業して少しして……、大体五年ぐらいかな？　別につきあいっていうほどやりとりがあるわけじゃないけど」

「昔からあんな感じですか。その、腕とか」

「腕？　経営手腕？」

安那さんはこちらの意図を摑みかねたようで、軽く眉をひそめた。名状しがたい半身のことは、どうやら知らないらしい。

「……いえ、なんでもないです。雰囲気的なところで」

「あー、それはびっくりするぐらい変わらないね。十八歳ぐらいからあんな感じなんじゃない？　知らないけど」

なんとなく想像はできる。その割に広い人脈を持っているのが不思議なところだ。

「ただ、最近色々と出かけてるって話は私も聞いてるのよ。みことと伯母さんとかからも。だから、昔に比べると活発になったんじゃないかな。由宇子ちゃんみたいな普通の人間と一緒にいるおかげで、真人間に近づいてるのかもしれない。本なんていう古いメディアにばっかり触れてると、そりゃ陰気にもなるし、不精髭も伸びるし。やっぱり人と会わなきゃ。人と」

安那さんの言葉は、私にとって少し意外だった。古戸さんが他人と関わることで変容するタイプとも思えなかったし、出会ってからの態度はずっと同じに見えたからだ。もしかするとそれは小さい甥《おい》っ子の身長のように、久しぶりに接した人だけが感じられる微妙な変化なのかもしれない。

もっとも私が受けている——確信は持てないが、多分ポジティブではない——影響に比べれば、微々たるものだろうが。

「まあ、ああいう感じだけど、仲良くしてやってよ。私が言うのも変だけど」

「……影響を受けすぎない程度には」

「そうね。そのくらいがいい」

古戸さんの話を通じて若干打ち解けた私たちは、それから日が暮れるまで、互いの身の上や、仕事のことを話していた。どうやら安那さんはブログ運営のほかにライター業なども手がけており、かなりの収入があるようだった。

私の気分は相変わらず優れなかったものの、膨大な文字を追う作業をしていたときよりは幾分か楽だった。それでも軽い夕食を摂り、シャワーを浴びた午後八時ごろ、私は強い疲れを感じはじめていた。すぐに眠れるかどうかは分からなかったが、これ以上なにができるとも思えなかったので、重たい身体を引きずるようにして、大部屋の二段ベッドへと潜り込んだ。

*

白い街は多くの点で普通の夢と違ったが、現実との繋ぎ目は普通の夢同様に判別がつかなかった。気づけばそこは建物の外にある小さな階段で、座り込んだ私は燦々《さんさん》と降り注ぐ陽光に頭髪を焦がされていた。

眼下には石で舗装された道があり、幾度か折り返しながら海へと下っている。建物の白い壁や青い屋根の合間からは、海風に吹かれながらゆらゆらと移動する人影が見えた。

その数は昨日に比べて明らかに多い。夢を見た他者に接触したことで、また大勢がこの場所にいざなわれたのだ。数日経てば、彼らの何割か——言わずもがな私も——は冥府へと下り、二度と太陽を見ることはなくなるだろう。神話のような復活も望めない。

この白い街から脱出し、安眠を取り戻すためにはなにをすればいいのか。以前見た少女と、その抱かれていた卵が重要なのは間違いなさそうだが、例えば卵を確保したとして、ただ破壊すればなんとかなるものだろうか。

しかし古戸さんと安那さんによって、少なくとも物理的には真相に近づいた。状況はきっと、そう悲観するほどでもないのだ。ひとまず安那さんを捜そうと思い立ち、膝に手をついて立ち上がる。

そのとき私は、現実世界でまとわりついていた頭の不快感がなくなっていることに気がついた。こちら側に馴染んでしまっているようで、あまりいい予感はしない。

階段を下りて道を歩きはじめると、安那さんの姿が見えた。向こうもこちらを捜していたようだ。にこやかに手を振りながら近づいてくる彼女の顔には、驚異に対する無垢《むく》な興奮が見て取れた。

「すごいすごい、話どおり。あなた、本当に由宇子ちゃん？」

「そうですよ」

安那さんはこちらの頭からつま先までを舐めるように眺めたあと、唐突に胸を揉もうと腕を伸ばしてきた。私はその手首を摑み、ひねる。

「いたたたたた痛い痛いイタイ」

「いきなりなにするんですか」

「夢の中だから無茶したくなって……ごめんごめん、謝るから折らないで」

私は安那さんが狼藉《ろうぜき》を繰り返さないよう釘《くぎ》を刺し、手首を解放した。なんらかの抑制が解かれると暴走しがちなところは、古戸さんと似ている。

「身体へのダメージがどうなるかは確認してないですけど、体験は共有されてるんです。だからここは夢に似てるけど夢じゃなくて、なにかしらの異世界なんじゃないかと」

「だとしても、現実を模した紛《まが》い物《もの》ね。自然にできたというよりも、作った感がある。あんまりセンスがないもん。確かに景色は綺麗だけど、見るからに観光地だし、俗っぽいというか」

ひねられた手首をさすりながら、安那さんは改めて周囲を見回した。

彼女が言っていることの意味は分かる。物理法則が歪んではいるものの、この街の景色はやけに具体的だ。やはり当初の印象どおり、誰か一人の記憶から再構成されたものだろう。それがかれんちゃんのものかどうかまでは分からない。

「で、夢を体験してみたはいいけど、これからどうする？　コーヒー飲めるとこあるかな？」

カフェインへの執着が強すぎる。

「歩き回ればカフェぐらいあるかもしれないですけど……。とりあえず、かれんちゃんを捜してみようかと」

私は言った。

「卵を抱いてたって女の子？　それがかれんちゃんなの？」

「確証はないんですけど、そんな気がするんです」

「捜してどうするの」

安那さんは眉をひそめた。

「ちょっと話してみたいんですよ」

「でも彼女は死んじゃったんでしょ。幽霊と話してどうなるってもんでもないと思うんだけど」

「それは、そうかもしれないですが……」

無駄だったら無駄だったで――タイムリミットはあるが――別の方法を考えればいい。穴を掘ったり海を渡ったりするよりは、まだしも突破口になりそうな気がした。

行為の意味に疑問を呈した安那さんも、特段の対案があるわけではないらしく、結局は私と一緒にかれんちゃんを捜すことになった。

前回は、街を彷徨った末に海岸へと辿り着いた。今度は見晴らしのよい場所に行ってみよう。

戸惑いと非現実感の内にある人々とすれ違いながら、石畳の上を歩いていく。若い女性、中年の男性、足が悪いのか座り込んでいる老人、夢の中で互いを見つけたのか、手を繋いでいる母と幼い息子。

今は苦しげに見えないが、現実では腐汁に漬けられたような不快感に苛まれているのだ。

街全体でどれくらいの人がいるのか分からない。少なくとも二百人か、三百人か。真奈加もいるはずだが、簡単には見つからないだろう。

ゆるく曲がった階段を上り、いくつかのアーチをくぐる。私たちは分岐や行き止まり、唐突な空間移動に妨害されながら、少しずつ高さを稼いでいった。道中でも、かれんちゃんらしき姿がないか目を光らせる。

そしてワイン蔵らしき建物の陰で休憩中、偶然に彼女を見つけた。

少女はこの街の中で異質だったが、所在なさげな佇まいは周囲の人々と同じだった。顔を確認し、新聞社で見た写真と脳内で照合する。やはり彼女はかれんちゃんで間違いない。今日は卵を抱いていなかった。私の視線に気づいた安那さんが、ふうん、と声を出す。

「あの子がそうなんだ」

私は極力彼女を脅かさないよう、ゆっくりと歩み寄り、名前を呼ぶ。

それに反応して、かれんちゃんがこちらを向いた。あどけない顔ではあるが、どこか空虚な、あるいは超然とした表情でもあった。

「かれんちゃんでしょ？　少しお話しできない？」

私の呼びかけが聞こえているのは確かだったが、彼女が返事をすることはなかった。くるりと背を向け、どこかに去ろうとする。

少女を追いかけ回したくはないが、そのまま諦めてしまうわけにはいかない。私は歩調を速め、ついには走り出したかれんちゃんを追った。

「ちょっと、そういうのまずくない？」

うしろから安那さんもついてくる。

「ここに警察はいないですから……。それに幽霊みたいなもんって、自分で言ったじゃないですか」

かれんちゃんは一度振り返り、また走るペースを速めた。少しでも離されると厄介なので、私は短距離走で勝負をつけようと決めた。さすがにタックルするわけにはいかない。追い越して安那さんと挟み撃ちにするつもりだった。

地面を強く蹴り、かれんちゃんに迫ろうとした直後、私は視界の下端に奇妙なものを捉え、軟らかいなにかに足を取られかけた。思わず立ち止まって確認する。

それは地面から生える半透明の腕だった。半透明といっても霧か霞《かすみ》のように朧《おぼろ》げな感じではなく、軟らかいゼリーのような質感を伴っていた。腕に見えたのは、それが関節と手指を備えていたからだ。

はじめ私の膝までだった腕は、あっというまに二、三メートルの長さまで伸び、いくつもある関節をくねらせながら私の進路を妨害した。こうなるともう蹴散らして進むことはできない。指は奇妙な可動域でわきわきと動き、こちらを絡めとろうとしてくる。

「うわっ」

咄嗟に身体をよじって腕を躱し、狭い横道に退避する。一瞬あと、追いついてきた安那さんの悲鳴が聞こえた。

捕まったか？　建物の陰から確認したが、どうやら安那さんもうまく避けたようだ。触手はこちらを執拗に攻撃することなく、地面に引っ込むようにして消えてしまった。

「ビックリした……。今のなに？　ギリシャ名物？」

あんな不気味な名物があるとは思えない。

私たちが気を取られていた隙に、かれんちゃんは先の方へ行ってしまった。しかしまだ追いつける。さらなる危険は予期されるが、ここで諦めれば、わざわざ一日無駄にして眠った甲斐《かい》がない。

「ちょっと、無理しないでよ！」

安那さんの声を背後に聞きながら、私はかれんちゃんを追った。塀を跳び越えてショートカットし、急坂を駆ける。

道の終わりは広場になっていた。逃げる少女の背中越し、たむろする人々の中に、私は古戸さんの姿を見つけた。彼の名を呼び、かれんちゃんを指さす。

Tシャツにトランクス姿。街にいざなわれると分かっているのに、なんであも気の抜けた服装なのか。いや、そんなことはどうでもいい。古戸さんに指示してすぐ、私はその愚を激しく後悔した。殺人の被害者に対して、加害者と同じような属性の人間をぶつけたのだから。

果たして反応は苛烈だった。

かれんちゃんと古戸さんとの間に、噴き出すような勢いで何本もの腕が生えた。先ほどは半透明だったそれらが今度は赤黒く濁り、怒りや憎悪を示すように全身を荒ぶらせた。大きくしなり、古戸さんを叩き伏せる。湿った音とともにゼリー状の実体が弾《はじ》け、距離のあるこちらにまで飛沫《ひまつ》を撒き散らした。

血に似た液体から顔を庇《かば》い、視線を移すと、私の眼前にも多数の腕が出現していた。もはや許されざる敵と認識されたのだ。

腕が振られ、右の膝に横薙《な》ぎの一撃が加えられる。ダメージはそれほどでもないが、不意を打たれた私は、膝を折るような形で転倒した。辛《かろ》うじて顔面は守ったものの、頭上から激しく追い撃ちされ、すっかり防戦一方となってしまった。

亀のような姿勢になって耐える私の耳に、広場にいた人々の悲鳴が届いた。やがてそれは遠くなり、降り注いでいた攻撃も止んだ。

次に顔を上げると、赤黒い触手も石畳に飛び散った液体もない。その代わり、景色全てが白く霞《かす》んでいた。その直後、私は地面から引きはがされるような浮揚感を覚えた。

時間切れだ。夢が醒《さ》める。

輪郭を失っていく広場の端に、かれんちゃんの姿が見えた。彼女は母親らしき女性と睦《むつ》まじい様子で寄り添い、ゆっくりと私の視界から消えていった。

*

二段ベッドの下で、もぞもぞと動く音が聞こえる。朝早くから活動をはじめようという外国人観光客が、互いに言葉を交わしていた。おそらく彼女らは白い街の夢を見なかったのだろう。羨ましいことだ。

私の気分はひどいものだった。体調は昨日より明らかに悪化している。触手に打たれたダメージは錯覚として残るのみだが、頭も身体も鉛が巻きつけられたように重かった。

平時なら確実に入院ものだ。しかしまだ倒れるわけにはいかない。いや、倒れてしまおうか。古戸さんや安那さんに全てを任せて。

眠りたい。眠りたい。一体誰だ。こんなことをしたのは。殺人だかなんだか知らないが、悲惨な事件に巻き込まれたなら、私の平穏を奪う権利があるというのか。

気合を入れては萎えるということを繰り返して、一時間以上経っただろうか。脳みそがドロドロなので、時間の感覚も摑みづらい。私が意志の力を総動員して寝返りを打ったとき、ベッドの縁から安那さんが顔を出した。

「おはようございまーす……」

多少おどけてはいるが、彼女もまた不調のようだった。

「調子悪そうだね……。平気？」

気遣いの言葉に対して、私はゾンビのような呻き声を上げる。

「動ける？」

「なんとか……」

腕立て伏せの姿勢で身体を起こし、安那さんの助けを借りながらベッドを降りる。のそのそと共有スペースまで行き、畳の上に腰を下ろす。

「とりあえずなんか食べて、ほら」

押しつけられた菓子パンを咀嚼《そしゃく》する。食欲もないし味もほとんど感じない。しかしカロリーは摂っておかないといよいよ動けなくなる。豆乳でなんとか飲み下した。

「あー……、眼球をコーヒーで洗いたい」

隣で安那さんがよく分からないことを言っている。

「古戸さん、来られますかね」

「さあ……」

それにしても辛い。きっと夢に干渉しすぎたから、余計にひどくなっているのだ。しかしあの女性は誰だったのだろう。かれんちゃんに寄り添っていた、母親らしきあの女性は。

「そういえば、親御さんって生きてるんでしょうか」

私は尋ねた。

「かれんちゃんの？　殺されたってニュースはなかったはずだけど」

両親が生きているならば、亡くなった伊勢谷氏と関係があったかもしれない。

その着想を得ると、今までやり場のなかった怒りが獲物を見つけ、赤い眼を光らせたような気がした。かれんちゃんの両親――あるいは父か母の片方――と対峙《たいじ》したとき、私は抑制の弱まったこの頭で、冷静なやりとりができるだろうか。この一件に関わっているという確実な証拠はないが、それを理性的に考えられるだけの能力が残っているかどうか。

「なんにせよ、まずは絵描きさんね」

安那さんはタフだ。きっと徹夜も慣れているのだろう。濃いコーヒーをがぶ飲みしながら、キーボードに向かう彼女の姿が思い浮かんだ。

〈生きてますか〉

私はしょぼしょぼする目でスマホを睨みながら、古戸さんにメッセージを飛ばした。

〈よく分からないけど、そっちに行ってるっぽい。住所を教えてくれたら行く〉

なんだか朦朧とした返信があった。大丈夫だろうか。

それから一時間後の午前十時。ゲストハウスの前に古戸さんの乗ったタクシーが到着した。彼は髭も剃《そ》らず、目は落《お》ち窪《くぼ》み、住宅地にいればまず間違いなく——普段でもやや危ういが——通報されそうな、異様な顔つきとなり果てていた。かれんちゃんに直接攻撃を加えようとした代償は、相応に大きかったようだ。

「とりあえず目のクマだけでも隠しなさい。コンシーラー貸してあげるから。あとマスクもして」

古戸さんの顔面をなんとか人間に見えるよう改造してから、安那さんと半ゾンビ二名は車に乗り込んだ。前日新聞社で得た情報をもとに、伊勢谷氏の住居へと向かう。とはいってもそれほど離れた場所ではない。事故を起こさないよう慎重に運転しても、せいぜい十五分の距離だ。

伊勢谷氏の住居は、海辺から道一本分だけ奥に入った、見晴らしのよい平屋建てだった。薄オレンジに塗られた木材は潮風で劣化しているものの、それがむしろ飾らない魅力を醸しており、美しいとはなにかをよく知っている、画家の住居らしい感じがした。しかしもちろん、私にじっくりと鑑賞する余裕はない。

家の傍には青い軽自動車が停まっていた。本人のものにしては新しい。

安那さんが玄関前の階段を上り、インターホンを鳴らした。家の中で動きがあり、少しして三十歳ぐらいの男性が顔を出した。

「すみません、こちら伊勢谷郷さんのご自宅でお間違いないですか」

「ええ、そうです。ただ、祖父は先日亡くなりまして」

「存じております。このたびは本当にご愁傷さまでした。私たち、以前大学の方で伊勢谷先生にお世話になりまして、葬儀に出席できなかったものですから、せめてお悔やみを申し上げようと」

安那さんの演技は堂に入ったものだ。元々得意なのか、仕事上の必要があって身につけたものなのか。訪問の理由はまったくの虚偽だが、大学ならば多くの人間が関わるだろうから、バレる可能性は限りなく低いはずだ。

「そうでしたか。孫のツヨシと申します。まだ遺品が整理しきれてないので、散らかってますが」

さすがに弔問客を玄関先で帰すわけにはいかないと、男性は私たちを屋内に招く。安那さんはデザイナーっぽく見えるし、古戸さんの白衣も塗料汚れを考慮したものに見えなくもない。私はなんだろう。無害な人間に映っていることを祈る。

「まだ四十九日は終わってないんですが、骨壺《こつつぼ》なんかは僕の両親のところに」

焼香代わりにということなのか、ツヨシさんは私たちをアトリエに通した。そこは海側に面した広い洋室で、スペースの半分には整理された遺品が並べられているが、もう半分は作業途中で放り出されたかのように雑然としていた。

私は以前に訪れた造形家のアトリエを思い出して、無意識に身体を固くした。芸術作品と言うにはあまりに冒瀆《ぼうとく》的なオブジェ。そこで遭遇したなにかのことは、今でもあまり考えたくない。

しかし今のところ、アトリエの中に明白な狂気の源はなさそうだった。大きな窓からは秋の穏やかな海が見え、水平線近くにはヨットや小型クルーザーが浮かんでいる。ごくごく平和な午前中の景色。

安那さんはいかにも故人を偲んでいるかのように、ゆっくりとアトリエを歩き回る。やがて一枚のカンバスに目を留め、ツヨシさんを呼んだ。視界の端で作業机を漁る古戸さんを捉えながら、私も安那さんの傍に立ち、描きかけの絵を眺めた。

「この絵は？」

私は尋ねた。しかしなにが描かれているかはすぐに分かったし、それに対する驚きもほとんどなかった。

軽部かれんの横顔がそこにあった。やや独特な画風ではあるが、いくつかの特徴は明らかに彼女のものだった。

「近所の女の子らしいですね。知り合いは、祖父が肖像を描くのは珍しい、と」

「こういった作品は、売却なり寄贈なりされるんでしょうか」

安那さんが口元に指を当てながら言った。

「その判断が難しくて、整理が滞ってるんですよ。買い叩かれるのも癪《しゃく》ですし、贈るにしても誰にどれを、というのが」

「でもこの肖像画は、本人とか親御さんに見せてあげたいですね」

彼女の眼鏡がきらりと光る。発言の意図は明白だ。

「ああ、確かに……。ただ、どこの誰かっていうのも分からないし、連絡先が分かれば取りに来てもらえるんですが」

「そうですか……」

残念。ツヨシさんが軽部家の住所を知っていれば話は早かったのだが。

「安那さん、あんまり長居しても迷惑がかかるよ。そろそろ失礼しよう」

スツールに腰かけた古戸さんが、あくびをしながら言った。疲れて面倒になった、というわけでもないようだ。私と安那さんは目配せをしてから、それに従う。

改めて——形ばかりの——お悔やみを述べて、私たちは伊勢谷氏の自宅をあとにした。

「古戸さん、なにか見つけたんですか」

「これさ」

路肩に停めた車に戻ってから、彼は白衣のポケットから小さなベージュの封筒を取り出した。

「またそんな泥棒みたいな真似《まね》して。いつか捕まるよ古戸君」

泥棒みたいな、というか泥棒そのものだ。安那さんの言いぶりを聞くに、随分昔から手癖は悪かったらしい。

「これは我々を、そして多数の人々を救うための正義のおこないだ。緊急避難、緊急避難」

古戸さんは一理あるようなないような言い訳をしながら、後部座席の私に封筒を渡して寄越す。

「……軽部優《ゆう》」

私は宛名を声に出して読んだ。もしかしたらまさると読むのかもしれない。封筒はまだ閉じられておらず、中には青いインクで丁寧に書かれた手紙が入れられていた。

前略　お久しぶりです。もう半年とはいえ、まだ癒えぬ悲しみ、お察しいたします。奥様に続いての不幸、私としても哀惜の念に堪えません。僭越《せんえつ》ながら一人の友人として、非常に心配しておりましたところ、今回お手紙をいただき、多少なりとも安心いたしました。
先日、珍しくかれんちゃんの夢を見ました。余計な事とも考えましたが筆を執り、彼女の姿をカンバスに写しております。いかんせん老骨ゆえ体調の思わしくない日もあり、作業は遅々としておりますが、ゆっくりと仕上げていくつもりです。軽部さまもどうかご自愛なさいますよう、心よりお祈り申し上げます。草々

内容は短いものだった。半年前の悲しみとは、言わずもがなかれんちゃんの死だろう。どうやらこの手紙は彼女の父親に宛てたものらしい。妻も娘も亡くした孤独な男。彼が白い街の夢を創造した張本人だろうか。

だとしたらこの優という人物は、心底からの同情を寄せる伊勢谷氏をも手にかけたことになる。それほどの絶望。それほどの破壊的な心情。境遇は斟酌《しんしゃく》に値するが、あまりにも多くを巻き込みすぎている。

「行きましょう」

そして私は封筒に書かれた住所を安那さんに告げた。

＊

伊勢谷氏との交遊は近所ゆえだったのだろう。軽部家もほとんど同じ区画にあった。ゆるやかな坂を登り、数十メートル内陸に入った場所だ。

私たちはそこまで徒歩で向かうことにした。頭も身体も、いまや鉛を巻かれたどころか鉛そのものに感じられ、一歩を踏み出すのにも力を振り絞るようなありさまだが、軽部がこちらにどういう態度を取ってくるのか分からない以上、直前まで存在に気づかれたくなかった。

「そういえば古戸さん、昨日調べものするとかって言ってましたけど」

責め苦のようにも思える坂を見遣りながら、私は尋ねた。

「ああ」

「なにか分かったんですか」

「卵の正体について、おそらくこうであろう、というものをね」

そんな重要なことをなぜ早く言わないのか。安那さんがなじる。

「まあまあ。聞こうが聞くまいが、やることはそんなに変わらない」

「で、アレはなんなんです？」

『グラーキの黙示録《Revelations of Glaaki》』。イギリスのカルティストたちによって、十九世紀に記された一群の書物があってね。これの一部が偶然ウチに残ってたんで読み返してみたら、それらしい記述があったよ」

眼鏡と落ち窪んだ眼窩《がんか》の奥で、血走りながらもギラギラと光る瞳。どう見てもお前の方が狂信者《カルティスト》だろうと言いたくなる。

「眠りと夢を司《つかさど》る大帝。それにまつわる品の名を、〝夢のクリスタライザー〟という」

「それがあの卵？　水晶には見えなかったですが」

「この場合は結晶化させる、つまり現実にする、というような意味だろう」

夢に力を与えて具現化し、共有可能な世界を創る。巻き込まれた人が夢を見ることで、世界は維持され、強化され、拡大される。もしかすると際限なく。

「まさか欲しがったりしませんよね？」

私はこの夏、奇妙な因習が残る村であった出来事と、そこで古戸さんが手に入れた銅鏡のことを思い出した。アレは今どこに置かれているのだったか。彼は稀覯本・魔導書・奇書に対してのみならず、得体の知れないアーティファクトに強い興味を示す。場合によって軽犯罪も厭《いと》わないのは、先ほど伊勢谷邸でやってみせたとおりだ。

「これは実のところかなり厄介な物品らしい。さすがの僕も、持っているだけで危険を及ぼすようなものを、手元に置いておく気はないね」

古戸さんは苦しげな息を吐きながら言った。私にとっては意外な態度だが、冒瀆的な知識と鋭敏な魔術的嗅覚が、未知の危険を感じ取ったのだろう。

「確認が済んだら、そろそろ行きましょう」

安那さんに急《せ》かされ、役に立たなくなりつつある身体を引きずるようにして、歩を進める。

雲のない空から降り注いだ日差しが、コンクリートに反射して白く輝いていた。いや、これは石畳か。周囲の家々も似たような地中海風の様式で、一種観光地のような街並みを形作っている。

違う。そんなはずはない。目の前に見えている景色はあの白い街のものだ。私は幻覚を見ている。夢と現の境界が曖昧になり、その二つが重なって見えているのだ。軽部家——夢のクリスタライザーに近づいたからなのか。

「うー……。なにこれ、幻覚？　古戸君にも見えてる？」

安那さんはよろけた古戸さんを支え、その頬をぺちぺちと叩いている。比較的軽症と思われた彼女も、クリスタライザーからの強烈な影響を受けているようだ。

一歩一歩、地面を確かめながら足を踏み出す。ともすれば重力の感覚まで怪しい。空気がねっとりと絡みつき、前進を阻んでいるような気もする。

やがて私は白い教会に辿り着いた。もはや幻覚かどうか判別する力も失われつつある。とにかく白い建物がある。扉がある。それを開く。

中は薄暗い。ざらざらした壁に手をつきながら進む。後ろから二人がついてくる。何個か扉を開く。角を曲がる。奥に進む。誰かがなにか言っているが、よく聞こえない。

よろけて転びそうになるが、なんとか耐える。倒れかかるようにして、扉を開く。

そこは薄暗い、小さな書斎だ。書架に収まらない本が床に積まれ、部屋の主を護《まも》っていた。それは本好きが造った紙の城だった。年経たページの乾いた吐息が、私の意識をほんの少し現実に引き戻した。

奥には男がいた。柔らかい髪が耳まで伸び、頰や顎は不精髭に覆われている。元々ひ弱そうではあるが、不摂生によって衰弱しているようでもあった。こちらを見る彼の瞳は、強い怯えを示すように細かく揺れていた。

先ほどまで机に向かってなにかを書いていたらしい。職業は作家かライターだろうか。

「クリスタライザーだ」

古戸さんがぜいぜいと囁いた。男が背後のなにかを庇うように動いたが、私の目にも、黄色い卵のようなものがちらりと見えた。

「出ていってくれ」

男が言った。昂《たか》ぶった感情で喉を締め上げられているかのような声だった。

「僕を放っておいてくれ」

「自分が、なにをしてるか、分かってるんですね」

一方、疲労と怒りで、私の声はひどく濁っていた。

「ただ、家族といたいだけなんだ」

人から眠りを奪っておきながら、なぜ自分はそんな寝言が吐けるのか。

視界の端に、かれんちゃんと母親らしき女性が佇んでいる。私にだけ見える幻覚なのかもしれないし、触れることのできる実体なのかもしれない。どちらにせよ、これが男の望んだことだ。人々の眠りと正気と命さえ対価にしてあがなった、失われた家族との再会。

「うるさい。いいから卵を寄越して」

男の目に、私はどう見えているだろうか。きっと無慈悲で、不条理で、非道な存在に映っているに違いない。しかしそれがどうしたというのだ。それを招いたのは彼自身だ。人から理性と思慮をはぎ取った結果、当たり前のように逆襲されているというだけだ。

彼が娘を失った父なら、私は父を失った娘だ。違うときに出会っていれば、こうはならなかったかもしれない。互いの喪失を埋めはしなくとも、哀《かな》しみの中に救いが見つかるような結末があったかもしれない。

しかしそうはならなかった。男が卵を渡すまいと、腕が白くなるほどに強く抱きかかえる。私はそれを力ずくで奪い、破壊すべく、本の山を足蹴にしながら一歩一歩近づいた。

「やめろ！」

男が叫んだ。

その途端、四方の壁から、天井と床から、無数の赤黒い腕が湧き出てきた。それは笑い声とも悲鳴ともつかない奇怪な音を立てながら、私の視界を見る間に埋め尽くしていった。

腕は白い街で見たものよりもはるかにおぞましい形をしていた。表面は爛《ただ》れた皮膚か、血の滴る肉か、腐りかけた臓物のように見えた。生々しい臭気が忍び込み、強烈な吐き気を催させた。

クリスタライザーが具現化したのは、愛や思い出といった美しいものだけではない。それらに覆い隠されていたグロテスクな混沌《こんとん》が、眼前の地獄絵図を作り出していた。

おぞましい無数の腕に掴まれ、殴られ、締めつけられながらも、私は力任せに前へと進んだ。おどろおどろしい見た目に比べると、一本の腕が持つ力はそれほど強くなかった。

ああ、これは子供の腕だ。握りの甘さも、狙いの粗さも、ひとえに腕の幼さゆえか。今、私は年端もいかない少女の腕を、父を護らんとする少女の腕を、払いのけ、引きちぎり、踏みしだきながら進んでいるのだ。

はじめ原動力となっていた怒りは嫌悪と罪悪感で削《そ》ぎ落とされていったが、単純な筋力と生存本能が身体を動かした。私は息も絶え絶えになりながら、赤黒の壁を掘り抜き、かき分け、突き破りながらさらに進んだ。

やがて前に伸ばした腕から抵抗が消え、温かい手のようなものに触れた。咄嗟にそれを掴み、引っ張るようにして、絡まりあった腕から抜け出す。口に入ったねばつく汁を吐き出し、閉じていた目蓋を薄く開けた。

眼前には、まだ卵を抱きながら、小刻みに震える軽部がいる。しかし彼の目線は私のわずか上を向いていた。この期に及んで、なにを見ている？

そのとき、それまで場に存在していなかった青白い燐光《りんこう》が、遠いどこかからやってきた異次元の光が、怯え切った男の顔をさっと照らした。

すぐ頭上になにかがいる。直視しなかったのは幸いだったかもしれない。私に見えたのは、頭上のなにかから伸びたらしい、クラゲに似た質感を持つ触手だけだった。先ほどまで私を殴っていた子供の腕ではない。

数本の触手ははじめゆっくりと漂っていたが、夢のクリスタライザーを感知したような動きを見せた直後、一度完全に動きを止めた。

「やめっ……」

攻撃的な気配を察知した軽部が叫んだ直後、触手が素早く彼の首に巻きついた。そして人知を超えた強烈な力で、その身体をあっという間にどこかへ引きずり込んだ。

どこへ？　きっと誰にも分からない場所へ。

その動きはあまりに急で、あまりに容赦がなかったため、私は軽部を引っ張ることもできなかった。とはいえ私には積極的にそうする意味もなかったし、引っ張ったところで対抗できるとも思えなかった。

軽部が抱いていた夢のクリスタライザーはその場に落ちて、重い音を立てた。いく筋かの大きなヒビが入り、その直後にばっくりと割れた。

私は足元のそれに目を落とした。中にはなにも入っていなかった。もしかすると入っていたのかもしれないが、私には見ることができなかった。

気づけば私はその場に膝をついていて、背後にあった赤黒い腕は消えていた。クラゲのような触手も、軽部と一緒に消えていた。

頭痛がする。そしてひどく眠い。

古戸さんと安那さんは無事だろうか。首を巡らせて背後を見ると、二人とも床にへたり込んでいた。怪我はなさそうだ。

ひどく眠い。目蓋を開けていられない。二日分の眠気が一気に押し寄せてきたのだ。身体の各部位が崩れたゼリーのようになって、身体を支えていられない。

意識が黒く塗り潰される。黒く、黒く――

＊

目を開けると薄暗い部屋にいた。

ここはどこだ。白い街ではない。おそらくは現実。記憶を手繰る。多分、軽部の家だろう。

気づけば、私はリビングにある布張りのソファに身を横たえていた。

大きく息を吸い、吐く。肺で空気の交換が進むと、意識が徐々にはっきりしてきた。

赤黒い腕、青白いクラゲ、引きずり込まれた軽部、砕けた夢のクリスタライザー。直前の情景がフラッシュバックする。

「おはよう」

古戸さんの声とコーヒーの匂いが、私を現実へと引き戻した。身を起こして現在時刻を確認すると、午後五時を回っていた。

この家に辿り着いたのは何時だったか。六、七時間は眠ったはずだ。まだかなり寝足りない気はしたが、昨日、一昨日と悩まされていた不快感はなくなった。

私は腰をねじり、首を回し、強張った筋肉をほぐした。寝返りも打たずに熟睡していたからか、尻が痛い。履いていた靴は誰かが脱がしてくれたようだ。

「安那さんは?」

「車を取りにいったよ」

古戸さんはダイニングテーブルでマグカップを傾けていた。

「それ、この家のコーヒーじゃないんですか」

「そうだよ」

「いいんですか、飲んでも」

「さあ」

私はソファを離れ、古戸さんの対面に腰かけた。テーブルの上には、黒ずんだ革装丁の古書が置かれていた。

「『グラーキの黙示録』だ。彼はこれを読み解いて、夢のクリスタライザーの使い方を知ったんだろう。クリスタライザー自体は、どうやって手に入れたのか分からないけど」

古戸さんがそれを回収することについて、私は今更なにかを言うつもりはなかった。

「クラゲみたいなのに連れてかれちゃいましたけど、彼」

「まあなんかしらの報いを受けたんじゃないか。人の眠りを奪った罰はなんだろうね。デスメタルを聴かされ続ける刑かな」

あれほど大規模な事象を引き起こすものが、安全に使えるはずはない。眠りと夢を司る大帝とやらが違反を嗅ぎつけて、不届き者を滅ぼすべく使者を寄越したのだ。

「……私があの人の立場でも、使ったかもしれませんね」

「その想像に意味はないよ。君は彼ではないし、かれんは君の娘ではない。彼は僕のような素晴らしい隣人を持たなかったし、カフェイン中毒の知り合いもいない。さあコーヒーを飲みたまえ。僕はこれ以上飲めない」

「いや、やめときます」

私はポケットからスマホを取り出して、ＳＮＳを起動した。案の定、大勢の人が街中で眠りこけて、あちこちで混乱が起こっていた。しかしこれは終息の兆しだ。病院にいる真奈加もぐっすりと眠り、元気を取り戻すに違いない。

そういえば、あの手はなんだったのだろうか。最後に私を引っ張ったあの手は。古戸さんや安那さんはうしろにいたはずだし、軽部は卵を抱いていた。

まあいい。多少の不思議があったところで大きな問題ではない。人々が眠りを取り戻したのなら、それでよしとしなくてはならない。

私は残ったコーヒーをシンクに流し、食器を洗った。そして合流した安那さんと三人で、自分たちのいた証拠となるものを丁寧に消した。

その作業に長い時間は必要としなかった。私たちが軽部と対峙した部屋には、砕けたクリスタライザーの欠片も、赤黒い腕の痕跡も残っていなかった。

全てが夢のように消えてしまった。あるいははじめから全てが夢だったのか。

かつて家族が幸せに暮らした家。しかしそれを懐かしむ者はもういない。

私はふと、伊勢谷氏が描いたかれんちゃんの肖像を思い出した。あの絵はどこに行くのだろう。誰にも見られることなく処分されてしまうのだろうか。

できれば誰かの目に触れるような、暖かい場所に置かれればいいのだが。そんなことを考えながら、私は家を去る前に一度だけ振り返り、二人に急かされるまで、誰もいないリビングをぼんやりと眺めていた。

エピソード3

にんげんがだいすき

私がその少女、梶村恵那《かじむらえな》と知り合ったのは、滴水古書堂で働きはじめて三ヵ月ほど経ったころだったか。そのきっかけはある不思議な事件だった。犯人は、チェアマンズ・コンサルティングという謎めいた会社から、精神交換というこれまた謎めいた技術を盗んだ男。会社のエージェントに追われた男はその肉体を囚《とら》われながらも、その精神を恵那ちゃんの肉体に逃げ込ませた。その結果として、彼女の精神は猫の肉体に入ってしまったのである。

恵那ちゃんの父親である梶村徹也《てつや》から相談を受けた私たちは、白金純子《しろかねじゅんこ》という謎めいた女性の助けを借りつつ、なんとかその一件を落着させることができた。犯人は消滅したが、シャッフルされた肉体と精神は、おおむね元の組み合わせに戻った。

以降、父娘《おやこ》は大きな面倒事に巻き込まれることもなく、仲睦まじく暮らしている。私がそれを知っているのは、精神と肉体を巡る奇妙な騒動が終わったあとも、二人と交流を持っていたからだ。

父である徹也さんも娘である恵那ちゃんも心の優しい人間で、ともすれば古戸さん以外とのつきあいを持つ機会が少ない——非常に不健全な環境にいる——私にとって、二人と過ごす時間はとても心休まるものだった。

出会ってから半年近くの月日が経ち、いつしか梶村家への訪問は、私の小さな楽しみになっていた。とはいえ連日押しかけても迷惑だろうと思い、頻度は月に二度か三度に抑えている。

自分で言うのもどうかと思うが、大抵の子供の常として、恵那ちゃんはお姉さん的存在である私を慕っているようだった。そしてありがたいことに、もう一匹私に懐いてくれた存在がいる。

それは梶村家で飼われている、ラスティという名前の猫だ。彼女はまだ若々しい雌で、例の事件における——私の関心が及ぶ限りで——もう一匹の被害者でもある。どうやら当時は中年男性の肉体に囚われていたようで、かなり不快な体験をしたに違いないが、それでもどういうわけか、元の肉体に復帰してから梶村家をふらりと訪れ、そのまま飼い猫の地位に納まった。

当時痩せていたラスティは、この半年間で十分な栄養と愛情を摂取し、今や血統書付きの個体にも劣らない美猫《びびょう》へと変貌した。命名の由来となった体毛はもはや錆《さび》色と表現するに適切でなく、窓辺の日差しを浴びて照り輝く、見事な赤銅色となっていた。

猫の室内飼いが推奨される昨今、そのような愛くるしい存在と戯れる機会はそう多くない。私が梶村家を訪問する第一の理由はもちろん恵那ちゃんだが、ラスティと戯れる楽しみも決して弱くはない動機だった。休日の午後二時ごろに玄関をくぐり、リビングでラスティを撫でくりまわし、恵那ちゃんの部屋で遊んだり勉強を教えたりし、午後五時前にラスティを撫でくりまわし、すっかり和毛《にこげ》に満足してから帰宅するというのが、お決まりのパターンとなっていた。

私は猫が好きだ。見た目はもちろん、あの筋肉も、自我の強そうなところも気に入っている。

心地よい秋風が吹く土曜の午後。私は恵那ちゃんに貸す予定の本を携え、いつもの時間に梶村邸付近までやってきていた。最近彼女はＳＦに興味を持ち始めているので、少し難しめではあるが古典的な名作を数冊、お薦めしてみるつもりだった。

しかしその日、私は前方に怪しげな、それでいて馴染みのある姿を目にした。太陽を厭うように背中を丸め、気だるげに歩く痩せ型の男。

「古戸さん」

白衣に身を包んだ、ぼさぼさ頭の不審者に声をかける。もし私が地域住民ならば、すぐさま警察に情報を寄せているところだ。呼び止められた古戸さんはおもむろに振り返り、気の抜けた声を出した。

「ああ、奇遇だね」

「なんでいるんですか？」

「いちゃ悪いのかい」

やや語弊があったようだ。

「存在することが罪だとは言ってませんよ。徹也さんたちに用事があるんですか」

「僕もそこまでの受け取り方はしてないよ。……いや、梶村がちょっと陰気な連絡を寄越したからさ」

陰気な連絡とはなんだろう。私は詳細を尋ねたが、古戸さんは本人に聞くといい、と言って説明を面倒がった。この時点では別段問い詰める必要も感じなかったし、どのみち目的地はもうすぐだったので、私はご近所の視線を気にしつつも、そのまま古戸さんと肩を並べて梶村邸へと向かった。

少しして見えた梶村邸の様子は、見たところいつもと変わりない。クリーム色の外壁とオレンジの屋根。窓が割れているわけでもなければ、郵便物が溜《た》まっているわけでもない。私は普段どおりに玄関先でインターホンを鳴らし、扉が開くのを待った。

訪問の際に私を迎えてくれるのは、大抵が恵那ちゃんとラスティだった。恵那ちゃんは曜日と時間で、ラスティは足音から私の存在を察知するのだろう。徹也さんは地域課の警察官なので、土日が休みとは限らず、いるときもあればいないときもある。

今日はどうやら徹也さんも在宅していたようで、家の奥から応答があった。大股の足音が近づいてくる。

「こんにちは楠田さん。ああ、古戸も来てたのか」

顔を出した徹也さんは、私たちに柔和な笑顔を向けた。元々の体格と職業上身についた所作により、人によっては威圧感を受けるかもしれないが、私の接する徹也さんは、常に優しく思いやりのある父親だった。

「おいッス」

「どうも、またお邪魔します」

「うん。どうぞどうぞ」

もはや見慣れた玄関で靴を脱ぎ、廊下を通ってリビングへ。その間私は床に目を這わせ、無意識にラスティを探す。しかし鳴きながら足に絡みつく恒例の出迎えはなく、そんなことをしていると踏まれるよとたしなめる恵那ちゃんの声もない。

「恵那ちゃん、いないんですか？」

私が尋ねると、徹也さんは顔を曇らせ、ちらりと天井を見上げた。

「ああ、ちょっとね……」

やや萎《しお》れたような彼の様子は、私に前回の事件を思い起こさせた。精神が別人だったとはいえ、あのときの恵那ちゃんが見せた態度には、強い違和感と不気味さがあった。原因となった人格は消滅してしまったので、今回も同じことが起こったわけではないだろうが……。

招かれるままリビングに入り、ソファに座ってあたりを見回す。フェルト製の黄色いボールが、窓際で日に焼けていた。

「ラスティ、いなくなっちゃったんだって？」

古戸さんが言った。

それは半ば予期していたことだったが、私にとってはかなりショッキングな事実だった。

「そうなんだよ」

徹也さんはため息をつきながら、対面のソファに腰かける。

「元々野良だから、外に出ないと気が詰まるだろうと思って、一日一回は外に出してたんだ。大抵は一、二時間で帰ってきてたんだけど、今回は四日前に出ていったっきり、戻ってきてない」

「やっぱり野生が恋しくなったのかな」

「あり得ないことじゃないと思うけど、とにかく恵那がすごく傷ついててね。今も部屋に籠ってる」

愛情を注がれているとはいえ、多忙な父を持つ一人娘。きっと寂しい思いをすることも多かったに違いない。そんな恵那ちゃんにとって、家族としてのラスティは決して小さな存在ではなかったはずだ。それが急にいなくなったとなれば、ふさぎ込むのも当然だろう。

「捜してはみたんですか」

私は尋ねた。

「もちろん。近所は一通り回ったし、チラシも作った。珍しい色だから、いれば見つかると思うんだけど、今のところ目撃証言もない」

そうなると、かなり遠くに行ってしまったか、あるいは事故にでも遭ってしまったか。当然その可能性も頭にあるのだろう。徹也さんの顔がさらに曇った。

「……一つ、気になることがあるんだよ。近所を捜してるときに分かったんだけど、どうやらラスティ以外にも、何匹か行方不明になってる猫がいるらしい」

「何匹かっていうのは、どれくらいですか」

「町内の範囲でも四匹。把握できてないだけで、もっと多いかもしれない」

ペットの行方不明。一件や二件ならままある話だが、近所だけで四件となると、さすがになんらかの原因が疑われる。

「近所に変質者でもいるんじゃないか。猫を捕まえて虐待するような」

私も徹也さんも言いづらかったことを、古戸さんが口にする。さすがに茶化すような調子ではないのは、つきあいの長い友人が相手だからか。

「正直なところ、その可能性はあると思ってる。変質者じゃなくても、猫にウロつかれるのが迷惑だと思ってる人もいるだろう。クロスボウみたいなもので撃つとか、毒餌をやるみたいな話も聞くしね。ただ、そんなこと恵那にはとても――」

そのとき廊下でわずかな音がして、まもなく玄関扉の開く音がした。言葉を止めた徹也さんが、はっとして立ち上がる。

「今のは……」

「ちょっと、恵那ちゃん行っちゃったんじゃないですか」

おそらく私たちに気づいて降りてきたところで、運悪く物騒な会話を耳にしたのだ。ラスティが変質者に虐《いじ》められているかもしれない。いてもたってもいられなくなり、家を飛び出して捜しに行ってしまったのか。

普段は大人しいからと軽く見ていた。あるいはラスティに対する想いの強さを過小評価していたのかもしれない。こんなことなら長々とおしゃべりなどせずに、すぐ彼女を慰めに行くべきだった。

悔やんでいる間に、徹也さんがリビングを飛び出していく。急なことで後れを取った私も、すぐにそれを追いかけた。

　スニーカーをつっかけて玄関を出ると、路上で立ち尽くしている徹也さんがいた。彼は恵那ちゃんを見失って途方に暮れていた。

「どうしよう」

「すぐに戻ってきますよ、多分」

　私は希望的な観測を述べたが、玄関からのっそりと出てきた古戸さんがそれを否定した。

「いや、追いかけた方がいい。このあたりはさんざん捜したんだろ？　だったら捜索範囲を広げようとするだろうし、猫に注意が行ってると、車とかバイクが目に入りにくくなる」

　徹也さんは事故の可能性に言及されて青ざめたが、それでも取り乱すことはしなかった。

「古戸の言うとおりだ。捜した方がいい。悪いけど、楠田さんも手伝ってもらえないかな。見つかったら携帯の方に連絡を」

「ええ、もちろんです」

　恵那ちゃんが今、どれほど冷静なのかは分からない。もしかしたらかなり突飛な行動を取るかもしれず、それならば急いで身柄を確保した方がいい。夜になっても帰らないようなら、警察に通報することも考えるべきだろう。

　とはいえ、大人たちが動転しすぎても仕方がない。私は靴ひもを結び直し、際限なく膨らみそうになる悪い想像を押さえつける。

そうして私たちはそれぞれの方角に分かれ、飛び出していった恵那ちゃんを捜しはじめた。

＊

日没までの数時間で方々を歩き回ったが、いかんせんこのあたりは土地勘がないため、効率的な捜索はおこなえなかった。自分自身が迷子になりかけたり、同じ道を何回も通ったりしたあと、焦りと疲労感だけを募らせた私は、一旦梶村邸へと戻ることに決めた。

帰路についたときの気分は重かったが、その途中、スマホに届いたメッセージで私は胸を撫で下ろした。古戸さんが無事に恵那ちゃんを見つけたというのだ。彼女は自宅から三キロ以上離れた場所にある、貨物ターミナル駅に迷い込んでいたらしい。いや、この場合は忍び込んでいたというべきか。

なんにせよ、これでひとまずは安心だ。ラスティを捜したい気持ちは分かるが、無鉄砲は困る。徹也さんはきっと説教できないだろうから、私から強く言っておくべきかもしれない。

彼女の心情を慮《おもんぱか》りつつ、理性に訴えかけるような文句をひねっていると、あたりはすっかり暗くなっていた。私が梶村邸まで数十メートルの距離で、道を一本通り過ぎてしまったことに気づいたとき、正面からやってくる古戸さんと恵那ちゃんの姿が見えた。

疲れた様子でポケットに手を突っ込んでいる古戸さん。そのうしろに打ち沈んだ様子の恵那ちゃん。私は駆け寄って声をかけようとしたが、その直後、異様な気配を察知した。二人のさらに奥、街路の暗がりになにかがいる。

のっそりと歩み出てきた影に、私は目を瞠《みは》った。ラスティではない。もっと大きい。もっともっと大きい。

「にんげんがぁ、だぁいすきぃぃぃ」

影はそう言った。そう言ったように聞こえただけかもしれない。虚《うつ》ろで歪んだ、しかしそれでいて媚《こ》びたようなところのある、気味の悪い声だった。

古戸さんと恵那ちゃんが気づかなかったのであれば、影は突然現れたのだろう。声で二人が振り返ったのと同時に、街灯に照らされた異形の輪郭が明らかになった。

それは四つ足の獣に見えた。しかしサイズは大型のトラックほどもあった。眼や顔面の造形は猫に似ていたが、各部位が奇妙に歪み、ねじれていた。半身を覆う体毛らしきものには、乾いた粘液のようなものがこびりつき、所々固まっていた。もう半身はピンク色と灰色の地肌が露わになっており、そこにある無数の傷からは、じくじくとなにかの汁が滲み出ていた。あたりに獣臭と腐臭が充満し、私は強い吐き気を覚えた。

異形の獣がさらに一歩を踏み出す。

「にぃんげんがあ……だあいすきい……」

今度は囁くような声。圧力を伴わない響きが、かえって正体不明の恐怖を煽《あお》った。

すぐにでも逃げたい。しかし急に動けば襲ってくるかもしれない。

古戸さんが手振りで恵那ちゃんを下がらせ、異形の獣に歩み寄った。

「僕も大好きだぞぉ……、ほら、怖くない、怖くない……」

獣はそのねじくれた前脚を上げ、古戸さんを踏み潰した。

「おじさんッ！」

恵那ちゃんが叫ぶ。私は咄嗟に飛び出し、彼女の腕を摑んだ。

「逃げよう！」

獣は黄色く濁った眼をこちらに向けた。細かったその瞳孔が開き、私たちの動きを追う。しかし獣はほんの少し葛藤するような様子を見せたあと、前脚の下でうごうごしている古戸さんを弄ぶことに決めたらしく、私たちが走り去るのを邪魔してくることはなかった。むっとするような臭いを振り切るように獣から離れ、梶村邸に向かう。

「お姉ちゃん、おじ、おじさんが……」

「あの人は大丈夫」

どう大丈夫なのか説明している暇はないし、時間があったところで説明できる自信もない。これまでの経験から、古戸さんが物理的な損傷で——丸呑みにされたり咀嚼されたりしてしまった場合は分からないが——死ぬことはないと知っているに過ぎない。

「ぃんげんがぁ……すきぃ……」

鳥肌の立つような声を背に受けながら、暗い道路を走る。幸い、梶村邸はすぐそこだ。家の前には、徹也さんの姿もあった。

「恵那！　よかった、今まで――」

「家に入って！」

私は叫んだ。

徹也さんの顔には困惑の表情が浮かんだ。古戸さんに無事連れ帰られると思っていた恵那ちゃんが、私と一緒に血相を変えて走ってきたのだから当然だ。それでも彼は問いただすことはせず、玄関を開けて私たちを招き入れたあと、玄関の前で立ち止まった。多分、変質者か暴漢が追ってきていると勘違いし、それと相対するつもりなのだろう。

しかし徹也さんが意気を保ったのも束《つか》の間《ま》のことで、うわぁという悲鳴のあと、青ざめた顔で屋内に滑り込んできた。

「アレはなんだ？」

「分かりません」

扉の向こうから、獣が迫るのを感じる。腐臭を孕《はら》んだ息遣いと、掠れた呟きが聞こえる。人間が大好き？　嘘をつけ。

「恵那、恵那。大丈夫だ。二階に隠れよう」

徹也さんが声を抑えながら、怯える娘の頭を抱き寄せて言葉をかける。私はすぐに思い至らなかったが、よくよく考えれば彼女は古戸さんが潰される現場を見てしまったのだ。彼が特別なのと、私がそれを見慣れてしまっているというだけで、正常な人間ならば、激しいショックを受けて虚脱状態になってもおかしくはない。

獣が玄関扉に頭をぶつけるたび、家が小刻みに揺れる。近所の住民はどうしているのだろう。そもそもあの存在が見えているのか？

「だいすき……だいすきぃ……」

不気味な声を響かせながら、獣が家の周りを歩き回っている。私たちは動きを気取られないよう、息をひそめ、足音を消しながら、そろりそろりと二階に上がり、そのまま恵那ちゃんの部屋へと入る。獣がどの程度執拗かは分からないが、うまく諦めてくれることを祈るばかりだ。

「ラスティはあの怪獣に食べられちゃったの？」

部屋の電気は恵那ちゃんが出たときについていたものがそのままだった。私たちは外から見られないようカーテンを引き、ベッドの脇に固まって腰を下ろした。

「あの怪獣はあんまり素早そうじゃなかったし、ラスティは古戸さんより逃げるのうまいから……。大丈夫だよ、多分」

「そういえば古戸はどうしたんだ」

徹也さんがはっとして尋ねた。

「ええと」

私は一瞬言い淀み、目を逸らす。

「捕まりました」

「なんだって……」

古戸さんのことが気がかりな二人と、自分の身が可愛《かわい》い私で、身を寄せ合いつつそのまま数分。あたりでは騒ぎが起こっている様子もない。獣が外壁に身体をこすりつける音、風が窓を叩く音だけが聞こえる。

「徹也さん、リビングの窓、鍵かかってます？」

「いや……」

まずいと思ったときにはもう遅く、階下のリビングでカタカタと音がした。おそらく古戸さんではない。獣が窓枠を爪でひっかき、屋内に侵入してきたのだ。あの巨体でどうやって？

「にんげん……にんげんどこぉかなぁ……」

それはしばらく一階に留まったあと、やがてひたひたと階段を上がり、二階の廊下に達した。近づいてくる。

私は部屋の入口に目を遣《や》った。オープンな家庭環境ゆえか、扉に鍵はない。窓から飛び降りるか。いや、私や徹也さんはともかく、恵那ちゃんが大怪我をしかねない。それに屋外が安全だという保証もない。

「隠れましょう」

「隠れるっていっても、どこに？」

「徹也さんは恵那ちゃんとベッドの下に。私は……クローゼットに隠れます」

もはやほとんど猶予はなかった。私は壁に埋め込まれたクローゼットの、白い両開きの扉に手をかけた。徹也さんが恵那ちゃんをベッドの下に押し込み、彼自分も大きな身体をねじこんでいるのを一瞥《いちべつ》してから、私もコートや旅行鞄《かばん》が詰め込まれたクローゼットの中で、なんとか居場所を確保する。

内側からだと完全には閉まらない。私が扉と格闘しているうち、部屋の扉をひっかく音がして、ノブがガチャガチャと鳴りはじめた。獣が入ってこようとしているのだ。開け方が分からず諦めてくれれば助かったのだが、そう都合よくはいかなかった。一分近くの試行錯誤を経て、ついに獣が扉を開けてしまった。

「にんげんんん……にんげんおいでぇ……」

「でてぇおいでぇぇ」

「こわくない、こわくない……」

ねじれた四肢が床を踏む音。私たちに呼びかける声。入ってきた獣は複数だった。多分三匹。それより少ないということはなさそうだ。トラックほどの身体でどうやってと思ったが、似たような小型の個体もいるのか。それとも分裂することができるのか。

クローゼットの細い隙間から、不快な臭いが忍び込む。

今いる場所から覗き見る限り、それぞれの大きさはライオングらいだ。この獣がネコ科動物と同程度の身体能力を持つのだとすれば、とても人間が太刀打ちできる相手ではない。

一瞬、獣たちが呼吸さえ止めて黙り込んだ。なにかを探り当てたのだろうか。神経を絞り上げるような沈黙が満ちる。

にゃあ、とどこかで猫の鳴き声。それと同時に、ベッドがぎしりと軋《きし》んだ。

「いたぁ！」

「みぃつけたぁ！」

恵那ちゃんの悲鳴が聞こえる。もはや自分だけ隠れてはいられない。私はクローゼットの扉を蹴り飛ばすようにして開け、獣たちの気を引こうとした。結果的にそれは成功したが、黒と灰色のねじれた身体、滴り落ちた粘液を踏む鋭い爪、こちらに向けられた黄色い三対の眼は、私に安易な牽《けん》制《せい》行為を後悔させた。

まずい状況だ。友好的接触が困難なのは、先ほど古戸さんによって実証されている。

獣がうしろ脚で立ち上がり、こちらを威嚇した。私は一歩後退し、クローゼットに背中をぶつけ、逃げ道がないことを知った。

「だぁいすきぃ……」

再び立ち上がった獣は、前脚で私を押さえつけた。爪が衣服を圧して肉に食い込み、耐えがたい悪臭が鼻腔《びこう》を突く。私は必死に膝で蹴りつけるが、ぶよぶよとした身体がダメージを受けた様子はない。

ねばつく唾液を滴らせた顎が、私の鼻先に迫った。

そのとき、再び猫の鳴き声がした。しかし今度は先ほどよりも鋭く、数が多い。それを聞いた獣たちは身体を強張らせ、明らかな警戒を示した。私を押さえつけていた一体も、素早く飛びのいて扉を睨みつけた。

がりがり、がりがりと扉をかく音。猫たちはもう部屋のすぐ外にいる。気配と鳴き声からして数十匹。獣は明らかに怯え、唸りとも喘《あえ》ぎともつかない声を出したあと、いきなり床を強く蹴って跳躍した。

私は腕で身体を庇ったが、獣はこちらに跳びかかってきたわけではなかった。ガラスの割れる音が部屋に響き、脱出口を作った獣たちが、破片に傷つけられながらも飛び降りていった。しかしどうやら庭先にも猫が集まってきているらしく、激しく争う音がしばらく続いた。

「なんだったんだ……」

隠れていた二人がもぞもぞとベッド下から這い出してくる。床に残った粘液に指で触れ、徹也さんが眉をひそめた。

がりがりと扉をかく音、にゃあにゃあという鳴き声は続いている。

私が恐る恐る部屋の扉に歩み寄り、ゆっくりと開けた途端、小さいなにかが走り抜け、温かい和毛で私の足を撫でていった。入ってきたのは数十匹の猫、猫、猫。大きい猫、小さい猫、白、黒、グレー、茶虎、三毛、肥《ふと》っているのもいれば、痩せているのもおり、なぜだかうっすら発光している個体もいる。廊下で待っていた大量の猫たちが、一気に部屋へとなだれ込んだ。鳴き声の数からある程度予測できていたとはいえ、私が呆気にとられていると、恵那ちゃんがその中の一匹に目を遣り、驚きと喜びの叫びを上げた。

「ラスティ！」

大群の中に混ざっていた赤銅色の猫が恵那ちゃんに駆け寄り、その足に頭を擦《こす》りつける。抱き上げられたラスティは、ひときわ高い声で鳴いて少女の気持ちに応えた。

「どこにいってたの、もう」

そのほかの猫は安堵している一人と困惑している二人の顔を見上げたり、においを嗅いだり、周りをぐるぐる回ったりしている。

「楠田さん、これはどういう……」

「いや、私にもちょっと」

分かるのは、この猫たちが異形の獣を追い払ったということ、そしてこちらを害する意図はないということだ。私がしゃがみこみ、手の甲をゆっくりと突き出すと、何匹もの猫が鼻をくっつけて挨拶をした。しっとりした肉球を載せてくるのもいる。

猫たちをよく見れば、数匹は首輪をつけている。そのほかにも毛並みや品種からして、明らかに飼い猫だろうという個体もいた。私は数時間前に徹也さんが話していた、行方不明の猫たちのことを思い出した。彼らはどこからやってきたのだろう？　そして今までどこにいたのだろう？

「ねえお父さん。ラスティがついてきてほしいって」

恵那ちゃんが言った。猫たちはなにかを期待するようにこちらを見上げている。

ついてきてほしい？　それを子供の戯言《たわごと》だと無視するのは簡単だが、私が数ヵ月観察した限り、恵那ちゃんとラスティの間には確実に特別な絆《きずな》が存在している。彼女らが明らかに複雑なメッセージを伝え合っている場面を目撃したことも、一度や二度ではない。きっと恵那ちゃんがラスティの肉体に入っていた時期があることと関係があるのだろう。単に長く共に過ごしたというだけが理由とは思えない。

私は徹也さんと顔を見合わせた。

「どうする？　楠田さん。外にはまだあの怪獣がいるかもしれない」

「アレは猫たちを怖がってましたし、大丈夫だとは思いますが……。古戸さんも捜さないといけないですし」

「そうか……。そうだね。僕も色々と混乱してるけど、恵那とラスティを信じてみよう」

床に降ろされ、話が決まるのを待っていたラスティが、にゃあおうと声を上げた。

「じゃあ、ラスティ、よろしくね」

恵那ちゃんが声をかけると、部屋にみっちりと充満していた猫たちがぞろぞろと外に出ていく。

先導しているのはクリーム色にうっすら光る個体。アレがリーダー格だろうか。

群れのうしろにラスティ、それに従う私たち。どんくさい人間が遅れないよう見るためなのか、最後尾にまた数匹。廊下や階段を川のようになりながら猫たちが行進する。靴を履いている私たちを、面倒なことをするにゃあ、とでもいうように、尻尾をゆらゆらさせながら待っている。その姿には高い知性と、保護が必要な存在への忍耐が感じられた。

玄関を出て夜の住宅街。あたりは静かで、出歩く住民の姿もない。これくらいの時間ならば、サラリーマンや部活帰りの学生がいてもおかしくないのだが。まるでこの一帯から、私たちを除く人間だけがいなくなってしまったようだ。

薄く雲を纏う月の光が猫たちの背を照らし、私たちに道を示している。その姿に見惚《みほ》れていると、殿《しんがり》の一匹に頭突きで急かされた。

「どこにいくの？」

恵那ちゃんが尋ねる。にゃおうと答えるラスティ。

「ついてくれば分かるって」

「行こうか、楠田さん。まさか猫の国に連れてかれるってこともないだろうし」

「いや、この流れだと怪しいですよ」

「古戸も猫に保護されてるといいんだけど、アイツ動物に嫌われがちだからな」

「ああ、やっぱりそうなんですね……」

私にも心あたりがある。古戸さんは散歩中の犬に吠《ほ》えられたり、上空からカラスに襲撃されたりする頻度が常人に比べて明らかに高い。逆に蚊や蜂の類はあまり近づかない。彼の右半身に宿る名状しがたい存在が、虫や動物の本能に警戒を促すのだろう。だからこの状況においても、猫たちの好意はあまり期待できそうにない。

恵那ちゃんは一片の疑いも持たず、ラスティと並んで猫たちを追っている。私はそこまで純真でないが、幻想的な光景に半ば浮かされるような状態で、徹也さんとともに恵那ちゃんのあとをついていった。

そうするうちにも、猫たちの数はどんどん増えていった。横道や住宅の庭先から、次々に別の群れや個体が合流してくる。立ち止まるでもなく、喧嘩《けんか》をするでもなく、整然と一方向に歩む様子は、いっそ勇壮にすら見える。

このまま十キロも二十キロも歩かされたらどうしようと思っていたが、目的地は案外近かった。行進の終着点は、いつかも訪れたことがあるタコ公園だ。

広く綺麗な敷地の片隅には、緑色の巨大なタコ型遊具があり、それが公園名の由来となっている。タコの不気味な姿が望める芝生の広場には、さらに多くの猫が集まっていた。全体ではもはや数百匹の規模だ。

私たちは学校の朝会かスポーツイベントの開会式よろしく、その集団の隅に収まった。猫たちは下手な小中学生よりよほど静かに、整然と、列をなして待機している。どうやら猫たちの中にも役割か立場の違いがあるようで、前の方にいるのはいずれもうっすらと光る猫たちだ。数は全体の一割ほどだろうか。

幻想的な雰囲気に呑まれつつしばらく待っていると、ふと猫たちが身じろぎを止め、一斉に前方を見た。なにかがはじまる。

集団の前方にどこからともなく現れたのは、一匹の立派な猫だった。体毛は月光を煮詰めたような色。うっすら光っている猫たちの仲間なのだろうが、その輝きには一層の高貴さが宿っていた。

月光色の猫は集団の前方を横切りながら、列の先頭にいる一匹一匹と短い鳴き声を交わしている。一通りそうすると、月光色の猫は隅にいる私たちにも目を留めた。わざわざ集団の側面をぐるりと回り、垂直に立てた長い尾を揺らしながら、悠然とこちらへと歩み寄ってくる。ほかの猫も首を巡らせて、自分たちの首領が人間にどのような言葉をかけるのか、興味深げに視線を注いでいる。

数百匹の猫たちとその首領に見つめられながら、人間たちは背筋を伸ばした。これほど多くの――しかも人間のものではない――視線に晒されるのは、非常に居心地の悪い体験だった。しかし目の数を意識の外に置いたとしても、月光色の猫は並々ならぬプレッシャーを放っていた。私はまるで鬼軍曹に点検される一兵卒になった気分を味わいながら、首領が放つ青灰色《せいかいしょく》の鋭い眼光を受け止めた。

おそらく私の印象は当たらずとも遠からずで、今この公園に集まっている猫たちは、なんらかの目的をもとに組織された軍団なのだろう。そしてその目的とはおそらく、先ほどから気味の悪い鳴き声を上げながら徘徊《はいかい》しているあの獣だ。

なーう、と首領が鳴いた。質問なのか、呼びかけなのか、叱咤なのかは分からない。恵那ちゃんも首領の言っていることは分からないようだ。ラスティが通訳してくれれば理解できるのかもしれないが、この場でそれをするのは無礼に当たるのだろう。

なーう、と首領が繰り返す。回答を求められているような気がした。

そのとき、私の横にいた徹也さんが右手を振り上げた。いや、彼は実に見事なフォームで敬礼をしたのだ。恵那ちゃんがそれを真似る。私も遅れて同じようにする。

私たちが腕を下ろすと、首領は高く短く鳴いたあと、身体を翻して背を向けて前の方に戻っていった。私は小さく息を吐き、背筋に入れていた力を少し緩めた。

「なんか、妙な雲行きになってきましたね」

「けど、もう乗りかかった船だ」

徹也さんの目はまだ月光色の猫を追っていた。彼はどんな気持ちで敬礼したのだろう。

「恵那ちゃん、さっきの猫さん、なんて言ってた？」

「がんばれって」

「がんばれか……」

そう言われてもちょっと困ってしまう。そもそも猫たちはこれからどうするのか。所在なさげにあたりを眺めていると、ようやく集団に動きがあった。ひとまとまりになっていた全体が、十匹程度の班に分かれ、いくつかある公園の出口から方々に散っていきはじめた。

やがて私たちのところには、若い二匹の黒猫とラスティだけが残った。黒猫の方は多分きょうだいだろう。図らずも軍団に組み入れられてしまった三人と、そのお守り役を仰せつかったらしい三匹は広場を離れ、再び暗く危険な住宅街に足を踏み入れた。

通りの両脇に並ぶ建物に見かけ上変わったところはなく、明かりも所々ついている。ただ人間の気配だけがなく、普段の何倍にも輝きを増した満月が、横たわる静寂を照らしていた。

「やっぱりここは猫の世界なのかも」

恵那ちゃんが言った。

「ラスティは猫の世界に行ってたから見つからなかったんだ」

それを肯定するように、ラスティが短く鳴いた。

「どう思う？　楠田さん。やっぱり猫の国に連れてこられちゃったのかな」

「猫のものかはともかく、ここが普通と違う場所なのは間違いなさそうですよ」

「若い人は柔軟だなあ。僕はまだ色々と心の整理がつかない」

私に柔軟性があるとすればそれは年齢によるものでなく、古戸さんにさんざん常識を打ち砕かれてきたことによるものだ。一方で恵那ちゃんがこの状況をすんなりと受け入れているのは、確かに見たまま感じたままを受け入れる、子供特有の純粋さからだろう。

ラスティはどうやら分隊を北の方向に導いているようだった。走る車もない幹線道路を渡り、ホームセンターや小学校を横目に、私たちは再び住宅街へと入った。時折交差点で別の分隊と出会ったり、月光を背に高所から高所へと跳ぶ猫たちを目にしたりした。

タコ公園を出発してから十五分ほど移動した私たちは、やがてひときわ闇の濃い領域に到達した。あたりを漂うただならぬ気配に、弛緩しかけた神経が引き絞られる。

黒猫のきょうだいが警告の鳴き声を上げた。前方から歩いてくる何者かがいる。人間の消えた場所に現れたそれは、所々破れた白衣を纏い、普段とさほど変わらない様子で歩く古戸さんだった。

「おっ？」

古戸さんは私たちを認めて、はたと立ち止まった。

「なんだ、無事だっ――」

そのとき彼の背後から、突如として太い灰色の前脚が伸びてきた。私が警告する間もなくそれは横に振り抜かれ、古戸さんを吹き飛ばした。その身体は空中に跳ね上げられ、住宅の石塀を掠《かす》って私たちの視界から姿を消した。

「古戸！」

「おじさん！」

「うわぁ……」

彼に対しては基本的に薄情な私も、こう何度も殴られる仕打ちには同情を禁じ得ない。

「にんげんがぁ、だあいすきぃ……！」

再び現れた異形の獣は、はじめて見たときにも増して大きかった。もはやその巨体は道一杯に広がり、軽自動車ぐらいならば簡単に踏み潰せそうだった。

「いやっ、いや……」

か細い声を上げる恵那ちゃんを庇うようにして、徹也さんが立ちはだかった。しかしその首は強張り、呼吸をするのも忘れているように見えた。私は私で、先ほど部屋で格闘したときのことを思い出し、性質《たち》の悪い緊張に身体を支配されつつあった。

にゃあおう。

慄く私たちをよそに、猫たちは意外なほど冷静だった。彼女らは鳴き声とともに後退すると、人間たちと獣の様子を気にしながら、今まで通ってきた道をとって返しはじめた。

「徹也さんは恵那ちゃんと一緒に逃げてください」

我に返った私は言った。

「楠田さんはどうするんだ」

「一旦アレをやりすごしてから、古戸さんを回収してきます」

「回収……」

徹也さんはなにか言いたげだったが、獣が迫っている今、悠長に話し合っている時間はない。私は皆と一緒に数十メートル後退したあと、手近な塀を跳び越え、住宅の庭に身を隠した。

「ほぉら……ほら……おいでぇ」

異形の獣が一歩動くたびに、地面が小さく震えた。ほとんど地面に伏せるような姿勢で、悪臭と脅威が行き過ぎるのを待つ。

幸い、姿を消した私を捜す様子はない。あたりが静かになったあとで、古戸さんが飛ばされていった方向へ、そろりそろりと移動する。大きな獣は去ったが、小さいのはいるかもしれない。目立つ動きは避けたかった。

「古戸さん」

身を隠しながら、先ほど獣と遭遇したあたりまでやってくる。

「古戸さん、いますか」

もぞもぞと動く気配を感じて目を遣れば、植木鉢が密集して置かれた庭の一角に、人間の脚が生えていた。

「楠田さんか。悪いけど引き抜いてくれ」

膝のあたりを抱えて引っ張ると、上半身がごろりと出てきた。服は派手に破れているものの、傷は既に消えていた。

「しかし今日は運が悪いな」

古戸さんは立ち上がって土を払い、軽い調子で言った。

「むしろラッキーですよ」

「ひどいなあ」

「いやいや、叩かれたのが恵那ちゃんとか徹也さんじゃなくて」

「ああ、確かにね。ところで、さっきラスティを見かけたような気がするんだけど」

「いましたよ。あの怪獣に襲われてたときに助けてくれたんです。今このあたりにはすごい数の猫がいます。さっきは公園で決起集会してました」

「なんだこの猫軍団と思ったらそういうことか。僕はさっきから追い立てられてあっちこっち逃げてたんだ」

「信用できないからでしょう。私がとりなしてあげますんで、ひとまずあの怪獣を追いましょう。

二人が心配ですから」

「そうしよう。行ったところでなにができるとも思えないけど」

私たちは周囲を警戒しつつ、無人の道路を進んでいった。怪獣があとに残していったひどい臭いのする体液と、今なお不気味に響く声があるおかげで、追跡は容易だった。

少し行くと、横道、住宅の庭、駐車場の陰、あらゆるところから、私たちと同じように獣を追跡しているらしい、複数の分隊が現れた。そのうち何匹かは古戸さんのことを胡散臭げな目で見つめたが、自分たちの任務を外れて彼を攻撃するようなことはしなかった。

「あの怪獣を奇襲しようとしてるんだ」

古戸さんが言った。確かに、ラスティたちの撤退は半ば計画どおりの動きにも見えた。きっと獣に遭遇した分隊が囮《おとり》となって敵をおびき寄せ、ある地点で一気に反撃を加える手筈《てはず》なのだ。

私たちの予想した展開はまもなく実現した。視界にいた猫たちが足を速め、道の先に消えたかと思うと、周囲に身も凍るような、苦痛と怒りを孕んだ叫び声が響いた。

「あああああぁぁぁぁぁぁぁあああああ！」

異形の獣と猫たちの戦いがはじまったのだ。そこに恵那ちゃんと徹也さんもいるだろうか？　私は逸《はや》る気持ちのままに駆け足となり、騒ぎの方向へと急いだ。

戦場は百メートルほど先、ホームセンターにある立体駐車場の入口近くで、そこでは獣に取りついた多数の猫たちが、灰色の巨体に牙や爪を突き立てていた。その姿は一般的な愛玩動物への印象とはかなりかけ離れた、極めて猛々《たけだけ》しいものだった。獣は脚を振るったり、建物に身体をぶつけたりして反撃を試みているが、猫たちが持つ圧倒的な敏捷性《びんしょうせい》の前に、今一つ効果を上げられないでいるようだった。

私が暗がりに目を凝らすと、戦いの中心から二、三十メートル離れた場所に、恵那ちゃんと徹也さんが身を隠していた。傍らには護衛の三匹もいる。二人は私たちが無事なことに安堵の表情を浮かべたが、古戸さんの様子に対してはやや怪訝な顔を見せた。

「古戸お前……なんで無傷なんだ？　さっき吹っ飛ばされてなかったか？」

「最近、朝にきなこ牛乳を飲みはじめたから、身体が丈夫になったんだろう」

疑念を深めるだけのセリフを吐きながら、古戸さんが獣の方を見遣った。

「もうそんなにかからないな」

その言葉どおり、獣の声は徐々に弱々しく、息を切らしているのか掠れたものになってきていた。もはや人の言葉を真似ることすらせず、やがて悲鳴のようなものを響かせたかと思うと、輪郭をぐずりと崩れさせた。

しかしまだ死んだわけではない。獣の巨大な身体が、梶村邸に侵入してきたような、小さな個体——それでもライオンほどはある——に分裂したのだ。それらはひぃひぃと叫びながら、方々に散っていく。

どうやら猫たちは勝利したようだ。しかし彼らはより徹底した勝利を求めた。逃げていく獣たちを、また小集団に分かれて追っていく。足元のラスティが鳴いた。

「私たちも追いかけるの？」

にゃおう、とラスティが答える。

「ここに取り残されるっていうのもあんまり愉快じゃないね。行ってみようか」

古戸さんもそれに賛同した。

そうして私たちは追撃戦の最後尾についた。さほど足の速くない獣は、猫たちによって次々に捕捉され、とどめを刺されていった。身体が小さくなった分、猫の爪や牙も致命傷となりやすいのだ。

断末魔の獣を横目に通り過ぎたとき、その濁った瞳がこちらを向いた。宿るのは憎しみか哀しみか。すぐに視線を逸らした私には分からない。

私たちは戦いの全てを見届けたわけではないが、数十体に分かれた獣たちが全滅するまで、そう長い時間はかからなかっただろう。ラスティについていくうち、掃討を終えたらしい猫たちが、一軒の住宅に集まっているのを見つけた。

それは梶村邸よりも少し古いものの、大体同じような造りをした建物だった。明るい月光によって照らされた紺色の瓦屋根と白いモルタルの壁が、闇の中にくっきりと浮かび上がって見える。どうやらこの場所は、今の状況においてなにか特別な意味を持つようだ。

低いフェンスを乗り越えて中に入れば、大きなガラス戸に面した小さな庭で、猫たちが大勢たむろしていた。そのうち何匹かはガラス戸に爪を立て、何匹かはなにかを期待するようにこちらを見上げている。

「今、家の中で誰か動いた」

徹也さんが囁いた。家の中に電気はついていない。リビングらしい部屋の中に目を凝らしてみれば、確かに奥の方で動く人影が見える。

私たちが庭を横切ると、猫たちは左右に分かれて道を譲った。ガラス戸に近寄って三度ノックをする。それに気づいた人影が、恐る恐るといった様子で窓際へやってくる。

それは灰色のスウェットを着た、不健康そうな痩せた男性だった。髪は古戸さんに負けず劣らずぼさぼさで、不精髭も伸び放題伸びている。彼は怯えた様子で目をキョロキョロさせており、特に猫たちを恐れているようにも見えた。彼はガラス戸を激しく叩きながらなにかを訴えていたが、こちら側にはなにも聞こえてこない。パントマイムをしているのかとも思ったが、その顔には鬼気迫るものがある。

「閉じ込められてるみたいな感じですね」

私は誰に言うともなく呟き、戸の中ほどに取りつけられているクレセント錠を指し示して男に気づかせようとした。もしかしたらパニックになっているだけかもしれない。しかし改めて見れば錠はかかっておらず、かといって戸をスライドしても開きそうにない。

「実際に閉じ込められてるんじゃないかな。このあたりにいる人間ってだけで特殊な立場だろうから」

そう言うと古戸さんはどこからか大きな植木鉢を見つけ、ずるずると引きずってくる。

「これで割ろう」

「犯罪では？」

「人が閉じ込められてるんだよ。緊急避難だ。そうだろう、梶村」

「まあ……」

少々乱暴すぎるような気もするが、多分それが唯一の手段なのだろう。恵那ちゃんが猫たちを退避させつつ、私と徹也さんが土の入った重い植木鉢を持つ。屋内の男も私たちの意図に気づいたと見え、窓際から後退して身の安全を確保した。

「せーのっ」

力を合わせて叩きつけた植木鉢は、思いのほか強靱《きょうじん》なガラスに跳ね返され、地面に落ちて派手に割れてしまった。しかしガラスの方も無傷ではなく、表面にわずかな亀裂が走った。

もう一息。私はトントンとステップを踏んで足元を確かめてから、亀裂目がけて後ろ蹴りを放った。足の裏にガラスの砕ける感触があり、恵那ちゃんの歓声が聞こえ、猫たちが驚いて跳び上がる気配を感じた。

「さすがだねぇ」

おどけた調子で古戸さんが言うのを受け流し、開口部の縁をガシガシと蹴ってガラスを除く。穴が少し広がると、私の足元をするりと和毛が撫で、待ちきれない猫たちが次々に室内へと突入していった。

次の瞬間、室内にいた男が大きな悲鳴を上げた。彼は明らかに猫を恐れていた。腰を抜かし、手を振り回しながら、僕が悪かった、許してくれ、殺さないでくれなどと、うわごとのように口走っている。猫たちは男を一顧だにせず、家の奥へと姿を消していく。

「どういうことなんだ？」

徹也さんが言った。

「分かりませんね。彼が元凶なのか、ただの被害者なのか……」

そのとき、私たちの背後から、悠然と近づく一匹の猫がいた。タコ公園で集団をまとめていた、月光色の首領猫だった。鷹揚《おうよう》な態度でにゃおうと鳴き、屋内へと入っていく。中からは相変わらず、男の命乞いが聞こえてきていた。

私たちは敢えて屋内に入ることもせず、ラスティとともに庭で待っていた。しばらくすると、首領を先頭に、猫たちが布に包まれたなにかを屋内から運んできた。

ちらりと窺った限り、それは亡骸《なきがら》だった。半ばミイラ化した灰色の猫。今いる大勢は、この亡骸を回収するために集まってきたのだろうか。

危険を排除し目的を達成した猫たちは、首領を見送ったあと、三々五々に解散しはじめた。百匹以上いた集団が、道の先に消え、塀の陰に消え、屋根の上に消えていく。黒猫のきょうだいも去り、やがて私たちとラスティだけがその場に残った。そのうち、住宅街には人の気配が戻ってきた。どこからか車のエンジン音が響き、家々の窓からは遅めの団欒《だんらん》を楽しむ声が聞こえる。私たちは思いがけず迷い込んだ猫の世界から、現実の世界に戻ってきたのだった。

「あっ、さっきの人」

恵那ちゃんが声を上げたので、私も男の存在を思い出した。怯えた声は既に収まっていたが、屋内に目を遣れば、彼は床の上にぐったりと倒れ込んでいた。恐怖のあまり心臓発作でも起こしたのだろうか。

「まずいな。古戸、救急車を呼んでくれ」

徹也さんが屋内に踏み込む。ガラス戸はもう、なんの障害もなく開閉できるようになっていた。

私は邪魔にならないよう庭の片隅に座り込み、ラスティの頭を撫でた。一仕事を終えた彼女はどこか満足げで、喉をごろごろと鳴らしながら、私の手に頬を擦りつけてきた。

「ありがとうって言ってる」

ラスティが短く鳴き、それを恵那ちゃんが翻訳した。

「……どういたしまして」

しばらくすると、救急車の音が近づいてきた。敷地に侵入してガラスを割ったことは、体調不良者の救出として言い訳が立つだろう。思いがけず長丁場になった恒例の訪問は、こうして一応の落着を見たのだった。

＊

ラスティの失踪に端を発した一件以降、私は猫に対する評価を大幅に改めた。

彼らは普通の人間が思っているよりも遥かに賢く、謎めいた生き物であるようだ。おそらくは月に関係する自分たちだけの世界を持ち、情報を交換し、不届きな同族や人間に対処し、必要があれば強力な統制のもとに団結している。

家の中で怯えていたあの男は、猫に対してどのような仕打ちをしていたのか、徹也さんは多少なりとも真実を摑んだのかもしれないが、私はそれを想像することしかできない。しかし灰色の獣も猫たちも、彼を傷つけることはしなかった。少なくとも、肉体的には。

私は人間が猫を飼っているという表現が、少なからず誤りだと思うようになった。かなりのケースでは選択権が猫にあり、彼らが人間との暮らしをよしとしている限り、それを続けているに過ぎない。もし猫たちがその気になれば、人間をただの缶切り役、扉の開閉役として奴隷にすることだってできるかもしれない。そうしないのは、彼らが人間を愛しているからだと、私は信じる。猫たちはピラミッドより遥か古い時代から、どんくさくて、愚かで、欲深く、ときに危険な大きい生き物に、なにか愛すべきものを見出《みいだ》して、大きく道を踏み外さないよう見守ってきたのだ。

これを過大評価だと感じる人間は、猫のことを一面的にしか知らないのだと思う。予断を持って見れば、彼らが人間を警戒させたり、怯えさせたりしないよう、かなり注意深く振舞っているのが分かるはずだ。しかし、自分たちの一面しか見せないことが彼らの目的なのだから、敢えて啓蒙《けいもう》する必要もないだろう。

それから事件以降、滴水古書堂には時折、二匹の黒猫が訪れるようになった。あの夜、ラスティと共に私たちを護衛していたきょうだいだ。猫の秘密を知った私たちが、要らぬことをしないよう見回りに来ているのかもしれない。

古戸さんは二匹に〝右近《うこん》〟〝左近《さこん》〟という名前をつけ、店の一角に専用の座布団を敷いて心証の改善を狙っている。何度か、動物が自分に敵意を向けるのを止めさせられないかと相談しているのを目にしたが、今のところ効果は現れていないようだ。

エピソード4

一万年の光

いつか埋め合わせをしてもらう、という言葉はよく聞くが、実際に履行を求める人の割合はどれほどだろうか。積極的にサンプルを収集する気はないが、少なくとも知人の安那さんは、そういった約束をなあなあにするタイプではないということが分かった。

先日、奇妙な夢に捕らわれた私と古戸さんは、平穏な眠りを取り戻すため、独自の情報網を持つ安那さんに協力を仰いだ。彼女はフラフラになった私たちの足となり、ときとして物理的な支えとなり、自らも夢に——半ば進んで——巻き込まれながらも、力強いサポートを提供してくれた。結果として際限なく広がると思われた夢は終息し、その元凶となった男は永遠に姿を消した。

それからしばらく間を置いて、安那さんはしっかりと協力の対価を取り立てにきた。具体的には私と古戸さんに仕事の手伝い、すなわち彼女が運営するオカルトブログ〝メヒコーマ〟に載せる記事の作成を命じたのだった。

本州内陸部のとある山に赴き、取材と資料の収集をおこない、数万字の文章とともに提出する。元々そういう計画があったのかと疑わざるを得ないほど、段取りはスムーズだった。

あえて古戸さんの知識を活用したオリジナルのテーマを出す、という選択肢もあるにはあったが、彼は自分の商売を切り売りするのを嫌がった。結局私たちは安那さんの提案どおり、遠路はるばる調査に出かけることにしたのだった。

「案外すんなり応じたね。僕の誘いはいつも渋るのに」

国道を走るライトバンの助手席で、古戸さんがぼやいた。この車は以前ダメになったものの代わりに、先日購入したものだ。白いボディが眩《まぶ》しいピカピカの新車。古書堂の仕事で使うものだが、下見から登記まで、購入手続きの全ては私に任された。古戸さんにとっては、走って荷物が載せられれば十分なのだろう。

「色々考えることがあったんですよ」

実のところ、私は取材の仕事を二つ返事で引き受けていた。それには安那さんに対する恩のほかにも、ちょっとした理由がある。それはこの機会に、ライターとしてのキャリアを模索してみよう、と思い立ったためだ。私は今、古書堂のアルバイトとして月十二万円程度の収入を得ているが、十年も二十年もそれでやっていくわけにはいかない。まともなところにフルタイムで就職できればいいのだが、未だその自信が湧いてきていない私は、保険となる収益源を探しておこう、という秘《ひそ》かな野望を抱いていた。

安那さんに話を聞き、また自分で調べてみたところによると、ブログの記事を書くという仕事はかなりありふれていて、フリーランスや副業で収入を得ている人は多いらしい。ブログ運営のノウハウも習得し、記事を売る側から買う側になれば、それだけで生計を立てていくのも不可能ではないのだとか。

しかしそれは普通に就職活動をして普通に正社員になるのと同等か、それ以上に難しいことだ。単純に努力すればいいというものでもなく、積極的な投資やセンスも必要になるだろう。

それでも試しにやってみなければ、収益の可能性も向き不向きも分からない。だから今回の調査は、私が新しい領域に踏み込むための、思いがけない機会なのだった。

横浜から四時間ほど車を走らせると、目的地が近づいてきた。私はカーナビを確認しつつ、レストランやホームセンターが並ぶ国道を逸れ、紅葉のはじまった山に向かって進路を変えた。

秋空に映える加狩山《かがりやま》と、その麓にある那砂町《なすなちょう》。そこが今回の調査、もとい取材の舞台となる場所だった。

下調べによると、那砂町は人口三万五千の自治体で、片田舎というほど寂れてはいないが、地方都市というほど栄えてもいない。主な産業は酒造と観光。以前は炭鉱の町としても栄えたらしいが、鉱山は昭和中期に操業を停止していた。

加狩山は高さ六百メートルほどの低山。傾斜はなだらかで、頂上まで登山道が整備され、初心者でも気軽に訪れることができる。中腹には加狩集落と呼ばれる場所があり、土産物屋や民宿、食事処《どころ》などが並んでいる。

私たちの主な目的は、この山にまつわる噂を調べることだ。その詳細を明らかにして、あるいは適当に粉飾してそれらしい記事にすれば、安那さんから課せられたミッションは完遂となる。

取材に先立って、彼女からは加狩山にまつわる三つの噂を教えてもらっていた。

一つ目はたびたび発生する行方不明者。オカルト風に言うならば神隠し。この山では一年に一人か二人、登山客が姿を消す。遭難を疑われて捜索されるが、なぜだか——死体や遺留品も含めて

――発見されたためしがない。

二つ目は奇妙な音。雷鳴に似ているが、しばしば晴天であっても起こり、雷光を伴わない。このことから、加狩山を〝かみなり山〟の別称で呼ぶ地元住民もいる。

三つ目は謎の影。これは二週間ほど前の話で、山の西側に、丸い円盤らしきものが降りていくのを見かけた人がいた。詳しい調査がされたかどうかは不明。少なくともなにか特別なものが発見されたという報告はない。

これらをもとに事実や資料を集め、記事を作っていくことになる。ちなみに旅費は自己負担。古戸さんは経費を出させようと粘ったが、いい記事を書けば今後は前向きに検討する、と躱された。

「三つが全て同一の原因によるものか、あるいは別個の事象なのか。全部バラバラだと記事が散らかりそうだけど。さて、どうするか」

「あくまでも噂ですから、なにも見つからないって可能性もあるんじゃないですか」

「そしたら適当にツチノコの記事にしようよ」

「今どき流行《はや》りませんよツチノコなんて」

「いいじゃないか。尻尾を振り回して空を飛び、雷を吐くツチノコだ」

そうなるともはやツチノコではない。

他愛ない話をしながら車を走らせる。山の中腹にある集落までは車道があり、移動にそれほど苦労はなさそうだ。

午後一時過ぎ。既に国道沿いで昼食を済ませていた私たちは石畳風の道路を通り、加狩集落の端にある駐車場にライトバンを停めた。

都市部からのアクセスがよくないせいか、秋の行楽シーズンであるにもかかわらず、集落の人出は今一つだった。寂れているというほどではないが、さすがに奥多摩《おくたま》や丹沢《たんざわ》に比べると規模も景観も一段劣るため、わざわざ遠方からやってこようと思う人間は少ないのだろう。

歩いていてすれ違うのは、リタイア後のゆったりした時間を楽しむ高齢者が主で、私たちのような比較的若い組み合わせは珍しかった。とはいえ今は以前に購入した登山服に身を包んでいるので、いつものような——大抵は古戸さんの白衣姿のせいで——浮き方はしていない。

私たちはまず、駐車場の近くにあるビジターセンターに入った。丸太小屋風のこざっぱりした建物の中には、山の植生やかつてあった炭鉱を紹介する資料、それらの映像を流しっぱなしにしている視聴室、ロの字形にベンチが置かれた休憩スペースなどがある。造りや展示品としてはよくあるもので、見たところオカルトな噂を押し出しているような様子はない。

私たちのほかには、山を下りてきたらしい老夫婦がいるだけ。普段もそれほど人の出入りがある場所ではなさそうだ。片隅のカウンターには若い女性スタッフが控えていて、こちらに柔らかい表情を向けている。

「すいません、地図はありますか？」

私が尋ねると、女性はカウンターの下に手を入れ、やや埃っぽいパンフレットを取り出した。わざわざ開いて見せてくれたが、そこには登山ルートと見晴らしのよい場所が示してあるくらいで、事前に調べた情報以上のものはなかった。しかしこれは想定内。聞き込みの端緒が得られればいいのだ。

「ここ、晴れてるのに雷が鳴るとか、行方不明者が出るとかって聞いたんですけど……」

地元の人間にオカルトな噂の真偽を尋ねるのは失礼だとは思うが、ビジターセンターの職員ならば、耳に入る噂もあるだろう。

「ああ」

案の定、女性にはなにか心当たりがあるようだった。それに、尋ねられるのに慣れているのか、困惑したり気分を害したりといったこともなさそうだ。

「二十年ぐらい前にブームになったらしいんですけど、最近またそういうの聞いてくる人が増えましたね。生で動画配信するような人も多くて。もしかしてお客さんも？」

「いえ。私たちはもっとアナログなメディアで」

「ははあ」

私たちの目的がうまく伝わっているのかどうかは分からないが、ひとまず邪険にするつもりはないらしい。

「実際になにかを見たり聞いたりした人はいるんですか？」

「晴れ間の雷は私も実際に聞いたことがありますよ。なにかの鳴き声じゃないかっていう人もいるんですけど、カーン、って結構鋭く鳴るんで、私は実際に雷みたいなものじゃないかと思うんですよね」

「行方不明の人が出るって話は……」

「ええ、実際に出て、その都度知らせが来ます。ただ雷に撃たれて、っていうのとは違うんじゃないかなと……」

女性は歯切れの悪い言葉で、奇妙な音と行方不明の関連を否定した。不安げな表情が気になった私が無言でプレッシャーをかけ続けると、彼女はもごもごとその理由を話した。

「でもこういう話をするとすごく嫌がる人がいるんですよ。実はこの山、東側の半分ぐらいは私有地になってるんです」

彼女は改めて先ほどのパンフレットを示し、該当するエリアを指でなぞった。

「昔炭鉱があったところなんですけど、今はミサト興業っていう会社の土地になってるんです。で、ここの人、あんまりガラがよくないんですよ。行方不明の人はミサト興業とトラブルがあったんじゃないか、っていう話もあるぐらいで」

「土建の会社ですか」

「ええ、一応そうなってるはずです」

口振りからすると、会社の名前だけで、あまり実体はないのだろう。こんな交通の便が悪いところに会社を構えるメリットはありそうもないし、もしかすると暴力団かなにかと繋がっていて、非合法なあれやこれやで利益を得ているのかもしれない。そうなると、たとえオカルトな噂が目的だったとしても、周辺を嗅ぎ回られるのにいい顔はしないはずだ。

「だから、行方不明とかオカルトとか、取材とか配信みたいなことは、あんまりおおっぴらに言わない方がいいですよ」

女性は声を低くして、心底からといった調子で忠告してくれた。

ひとまず出だしは好調。全てがこんな風に進むならば取材も中々面白いのだが、得意になるのはまだ早いだろう。

私は女性に礼を言って、古戸さんの方に戻った。彼は腕を組みながら、壁にかけてある大きな見取り図を眺めていた。

「見てごらん。当時の炭鉱らしい」

そこにはかつて操業していた炭鉱の全体図が描かれていた。坑道が縦横に延びる様子は、理科の教科書で見たアリの巣にも似ている。こういう場所で働く人間の気持ちはどんなものだろうか。

「今でも入れるのかな」

「廃坑にですか？　それはちょっと……」

「奥を極めようってわけじゃないんだ。ちょっと入って写真を撮ればいい」

しかし地図を確認したところ、炭鉱の入口はミサト興業の私有地内にあるようだった。うっかり入って怖い人に見咎《みとが》められたり、違法な取引現場を見つけてしまったりするのはまずい気がする。

「円盤の話はどうだった？」

そういえば、聞きそびれてしまった。

「まあ、知らないだろうねえ、きっと」

目撃情報によると、円盤らしきものが降り立ったのは山の西側。立ち入りは禁止されていないが、登山道からは少し離れたところにある。

「とりあえず西にこう行って、尾根沿いに頂上に行って、東側に入れないかどうか、試してみようか。私有地って言っても、監視があるわけじゃないと思うから」

古戸さんはパンフレットの地図を指でなぞり、探索のコースを提案した。道なき道をどれくらい進むかにもよるが、おそらく日暮れまでには集落に戻ってこられるだろう。

おおまかな探索の方針を決めた私たちは、ビジターセンターを出てから、集落の写真を——安那さんが貸してくれた高価なデジタルカメラで——何枚か撮り、オカルト話のネタを集めるべく、黄と紅の天蓋が見事な登山道に足を踏み入れた。

＊

張り出した木の枝を避け、苔《こけ》むした切り株を手がかりに、道に埋め込まれた石の段を踏み、爪先を土で汚しながら、私たちは加狩山の登山道を歩いていた。見上げる空は快晴で、気温は涼しく運動には最適。湿った落ち葉の地面に見えるのは、小さな花、朽ちた倒木、白や赤のキノコ。ひとまずはオカルトの影などない、のどかな秋の景色が広がっている。

しかし集落を出てから十五分ほど経つと、神経をざわめかせるような感覚が、私の中で頭をもたげはじめた。噂による先入観のせいかもしれないが、脳の奥底で眠っていた動物的な本能が、ちくちくと警戒を促しているようだった。

あえて言葉にするならば、山らしい気配の不在。都市部に生まれ育った人間がそれを感じ取るというのも変な話だが、古書堂で経験してきた名状しがたい出来事のせいで、私にはある種の異常を受信する、ねじくれたアンテナが備わりつつあるのだった。

「秋の山ってこんな感じでしたっけ」

「僕に山のことを聞かないでくれ」

セミはもういないにしても、山とはウグイスやアカゲラやカッコウや、私の知らない鳥がたくさん住んでいて、始終鳴き声を響かせている場所ではなかったか。

小動物たちは息を潜めているのか、逃げ出してしまったのか、まさか大方食べられてしまったのか。木々の葉擦れさえどこか密《ひそ》やかで、その静かさは逆説的に、なにか奇妙なものの存在を強く意識させた。

背筋を伸ばして目線を上げれば、山頂へはもう三十分もないと思われた。円盤が降りたという西側を探索するならば、このあたりで道から外れるべきだろう。斜面はそれほど急でなく、木々の間隔もそこそこ広い。標《しるべ》となるようなものはないが、踏破すること自体は比較的容易そうだった。

私がその場で立ち止まり、次なる進路について思案していたとき、ふと視界の端を影がよぎった。数十メートル離れているせいで姿かたちは判別できなかったし、目を向ける前に消えてしまったが、その影は私の心象に、歪んだ波紋のような余韻を残していった。

「なにかいた？」

古戸さんは気づかなかったのか、汗を拭いながらお茶のペットボトルを傾けている。

「今の見ました？」

「いいや、なんも見てない」

「そろそろこっち行きましょう。足、気をつけてください」

もしかしたらムササビかもしれないし、私たちと同じように、オカルト話に引きつけられた人かもしれない。土地柄、危険な獣という可能性は低いだろう。

なんにせよ、怯えていてははじまらない。私たちは道を外れ、足を滑らせないよう手近な木を掴みながら道を外れる。

「今更ですけど、古戸さんって宇宙人にはあんまり興味ないんですか」

「別にそんなことはないよ。人類以外の知的存在についてはかなり興味津々だ」

「いつもよりテンションが低めだなと思って」

「まあ、今回は安那さんにやらされてる立場だからね。あとは宇宙空間を超えてやってくる、っていう手段があんまり馴染まないからかもしれない。人間にだって、直接会うのが好きな人とか手紙が好きな人とか色々いるだろう」

確かに彼は未踏の宇宙を冒険するよりも、静かな書斎や怪しげな魔方陣の真ん中なんかで、得体の知れない存在と念波を交わす方が似合うタイプだ。

不確かな影を追うようにして、道なき道を行くこと数分。古戸さんは早くもふうふうと荒い息を吐いている。

「わざわざ地球までやってくるなら、ウチまで来てくれればいいのに。そうすれば山なんて登らずに――」

「しっ」

再びなにかの気配を捉えて、私は彼の文句を制した。鳥の鳴き声ではない。人や獣の足音ではない。虫の羽音でもない。形容しづらい、不穏な風をもたらすなにか……。

振り返った私は、そこで信じがたいものを見た。距離二十メートル。木々の間に浮かぶ三つのシルエット。

視界の中で動く生物。それぞれの大きさは、優に一メートル以上もありそうだった。胴体にあたる部分は濃緑色のまだら模様で、ちょうど迷彩のような役割を果たしていた。そこから生える五対の肢《あし》は硬質で、どこか甲殻類を連想させた。胴体の上にある軟質の物体は、私が知っているどんな生物の組織とも似つかない渦巻き状で、絶えず緑や紫やピンクに色を変えていた。コウモリに似た翼を背に持ち、今はそれをせわしなく動かしながら、高さ数十センチの空中に留まっている。

私は驚きと嫌悪ゆえにそれから目が離せず、観察の結果にまた激しく慄いた。明らかに地球上の動物ではない。

本当にいた。人類が観測できる宇宙の外から現れた異界の存在。私たちは早くも、加狩山に潜む宇宙人、もとい宇宙生物と遭遇してしまったのだ。

私はすぐにカメラを構えることができなかった。遭遇があまりに唐突だったというのもあるが、宇宙生物が明らかにこちらを認識し、敵意めいたものを見せながら接近してきたからだ。肢の一本には流木に似た、正体不明のなにかが握られている。

「古戸さん、あれ、あれ！」

「見えてる見えてる。タラバガニ星人かな」

「襲ってきますよ、逃げましょう！」

背を向けて走り出そうとしたその瞬間、宇宙生物が持っている流木から雷光が閃《ひらめ》き、甲高い音を響かせながら、私たちとの間にあった木の幹を黒焦げにした。

「うおお」

呑気《のんき》な古戸さんもこれには驚いたらしく、顔を庇いながら頭を下げた。

宇宙生物は頭の色を激しく変えながら追ってくる。あの雷のようなものに撃たれれば重傷は免れない。私たちはスクープなどそっちのけで、登山道の方向すら確かめずに逃げ出した。

足場の悪い斜面を必死に駆ける。幸い、宇宙生物はその図体《ずうたい》ゆえか動きは鈍重で、知覚もそれほど鋭くはないらしい。少ししてもう一度だけ雷鳴が届いたものの、それはかなり後方からだった。

ひとまず逃げ切ったと判断した私たちはようやく歩を緩め、息を整える。

「まだいる？」

「いや、多分撒いたんじゃないですかね」

「写真撮った？」

「あんな状況じゃ無理ですよ」

「うーん、目撃だけで記事を作るとなる――」

目の前を歩いていた古戸さんの身体が、突然沈む。転んだのではない。落ちたのだ。

今度はなんだ。せっかく宇宙生物から逃げ切ったというのに、崖か、洞窟か。感電死を逃れたと思ったら、今度は墜落死の危機なのか。

咄嗟に手を伸ばし、為す術なく落ちる古戸さんの腕を摑む。しかし痩せ型とはいえ成人男性の体重。とても私一人で支えきれるものではなかった。そのまま二人して、地下の空間へと吸い込まれていく。

古戸さんのどんくささと不運を呪いながら、なんとか頭を打たないよう、空中で身体を丸め、痛みを予期して目を瞑る。

しかし不幸中の幸いで、落下したのは二メートルほどの距離だった。古戸さんの上に着地したおかげで、なおさらダメージは少なくて済んだ。

しかし驚きはそれで終わらなかった。落下した先は野生動物の巣でも、風雨の浸食でできた洞窟でもなかった。目を開けた私がまず見たのは、薄緑色の柔らかい光だった。それに照らされているのは、曲線的なデザインのもとに形作られた、金属やプラスチックと思しき機器類。空間全体は直径十メートルほどの平たいドーム――もとい、円盤型だった。

ここはどこだ。展開が目まぐるしすぎて、思考が追いつかない。

ヴーン、という音を聞いた気がして、空間の奥に目を遣る。

そこにあったのは、焦げ茶の人形……いや、スーツ？　違う、動いている。あれも宇宙人なのか。

私は混乱の極みにあったが、なんとか目の前のものを正確に把握しようとした。それが地球産の存在でないのは明らかだったが、先ほど追いかけてきた宇宙生物とも違っていた。亜種なのか、仲間なのか、まったく違う別個の種族なのか、幼虫と成虫の関係だったりするのだろうか。

再びヴーン、という音。どうやら奥にいる宇宙人が発しているようだ。

あの雷を放つ木片は持っていない。殴って殺せるか？　たとえそれが可能でも、変な細菌に感染したりすると困る。

いや、ひとまずは落ち着こう。焦ると思考がバイオレンスになるのは悪い癖だ。

私は一度深呼吸し、宇宙人に注意を向けたまま天井に目を遣った。収納されているのか、タラップのようなものはない。古戸さんも倒れたまま動いていないし、外に逃げるのは難しそうだ。

じりじりと、緊張を孕む対峙。平和的な接触は可能だろうか。相手にも自分と同じ戸惑いがあるのかもしれない。しかしそうだとしても、どのようにそれを共有すればいいのか。

先ほどの宇宙生物は甲殻類に似ていたが、この宇宙人はセミに似ている。全身は焦げ茶色。セミを直立させ、手足を太く長くして、頭を少し大きくすると、ちょうどこんな感じになるだろう。首のあたりにある器官を震わせることで音を出し、なにか伝えようとしているようだ。

宇宙人はゆっくりとした動きで、壁際の収納から不思議なものを取り出した。銀色の光沢を湛《たた》えた楕円《だえん》のブローチ。わずかに震える腕で、それを首の凹凸にはめている。

また未知の武器だろうか。私はあとずさって距離を取る。いざとなればノックアウト状態の古戸さんを盾にするしかない。それでも先制攻撃を躊躇《ちゅうちょ》したのは、照明を受けて輝く四つの複眼に、温和な理性の光を見たからだ。

ヴーンという解釈不能の重低音が、ブローチを通じて聞き慣れた周波数に変換されていく。音節と音節が一定の秩序を成し、理解可能な言語を作り上げる。

『その人は、大丈夫?』

喋った。いや、おそらくずっと喋ってはいたのだ。今は謎の翻訳機で日本語を発し、こちらに語りかけてきている。

彼(彼女?)は先ほどの宇宙生物とは違い、すぐさま襲ってくることはなさそうだ。こうして私と異界の昆虫族は、ひとまず非暴力的なコミュニケーションを開始した。

『私は君たちに、危害を加えない。どうか、落ち着いてほしい』

昆虫族の身振りとともに、機械音声が平和的な言葉を告げる。

「こっちの……私の、言葉が、分かりますか？」

私が尋ねると、やや間を置いて反応があった。

『分かる。この星に着いてから、通信を傍受して、情報を集めた。私はここに来る意図はなかった。漂着したんだ』

私はまだかなり動揺していて、落ち着いた会話ができそうになかった。ひとまず古戸さんを覚醒させるべく、倒れた彼の肩を乱暴に揺さぶり、バシバシと頬を叩いた。

「うーん……宇宙からの色が見える……」

「変なこと言ってないで、古戸さん。宇宙人ですよ、宇宙人」

「なに？　宇宙人？　宇宙人ならさっき見たじゃないか」

「別の宇宙人ですよ。日本語、話してます」

薄く目を開いた古戸さんがゆっくりと身を起こす。

「うわ……。いやあ、着ぐるみだろう、あれは」

「山の中に着ぐるみはいませんよ」

「ここは山の中じゃないだろ？」

「古戸さんは穴に落ちて、落ちた先がここだったんです。今困ってるんですから、しっかりしてください」

昆虫族は私たちの様子を見つつ、こちらにとぼとぼと歩み寄ってきた。身長百五十センチほど。細い触角を含めるともう少しある。シルエット自体は人に似ている部分もあり、状況次第では確かに、ヒーローショーの着ぐるみかなにかと思ったかもしれない。

『私の名前は、おそらく君たちに聞き取ることはできないだろうが、三番目の惑星・遠くを見る、という意味がある。君たちの名前を教えてほしい』

呼び名はあとでちゃんと考えるとしよう。私たちの方も相互理解の第一歩として、それぞれ名前を告げ、この空間に落下してきた経緯を語った。そのわずかな会話を交わす間にも翻訳の精度がどんどんと上がっていき、すぐに滑らかな会話ができるようになった。機械の学習性能だけを考えても、目の前の存在が非常に高度な技術を持っているのは明らかだった。

『宇宙虫《うちゅうむし》のことも、あとでちゃんと話さないといけないが、まずは私のことを話したい。少し長くなるけれど、よいだろうか』

私は頷き――肯定のジェスチャーだと伝わっているかどうかは分からない――こっそり録音を開始しようとした古戸さんを制止した。相手を人間と同じように考えるなら、それは礼を失する行為だ。せっかくの平和的な対話に、不要な緊張をもたらしたくはない。

話が長くなるとのことだったので、私はゆっくりとその場に腰を下ろした。白い床に継ぎ目はなく、畳に近い質感が尻に心地よい。昆虫族もまた手足を器用に折り畳み、人間のそれとは違う姿勢でその場に座り込んだ。

『私の住んでいた惑星は、ここから一万光年ほど離れた場所にある』

　この昆虫族の使う翻訳機は、たとえほとんど未知の言語であっても、感情的なニュアンスを再現することが可能らしい。あるいは地球人とこの昆虫族の間には、かなりの部分共通する精神構造があるのかもしれない。ともかく私はこれからはじまる語りに、かなり重々しいものが含まれていることを感じ取った。

『〝青い輪《ブルーリング》〟と呼ばれる恒星があり、それは七つの惑星を持っていた。私たちの母星はその三つ目にあたる。この星に比べると、十パーセントほど直径が大きい。酸素が豊富、温暖で、水が少ない。色の感じはとてもよく似ている。都市から少し離れれば、土の中に微量元素が含まれた、見事な青と緑の丘陵が広がっている。惑星には衛星が二つあり、そこにもごく小規模だが居住地が存在していた。用事があれば、宇宙空間に出ていくことは、そこまで特別視されなかった。

　私たちの文明はかなりの成熟段階にあったように思う。千年ぐらいの間、大きな変動はなかったから。停滞と見る向きもあるにはあったけど、資源にも、その分配にも、統治体制にもそれほど不満は聞かれなかった。大体二億五千万ぐらいの仲間が、岩石質の素材でできた都市に住んでいた。画像データがたくさんあるから、あとで見せよう。君たちの美的感覚に添うかどうかは……失礼、話を続けようか。

　仲間たちの多くは幸福だった。それでも私たちは一つ大きな悩みを抱えていた。例の宇宙虫だ。

記録によれば、ヤツらは――私が母星を出発した時点から遡って――五百年ほど前に姿を現したらしい。まったく唐突に、どうやっても観測し得ない宇宙の深淵《しんえん》からやってきた。そして私たちの母星にコロニーを作り、争いを引き起こした。

宇宙虫たちは恐ろしい敵だったが、私たちは持てる技術をなんとか利用して、できるだけ戦いが大きくなりすぎないように、被害が広がらないようにした。戦いは長引いたけど、状況はそれほど悪くなかった。実際、ヤツらのほとんどを惑星から追い出すところまでいったんだ。

しかしあるときから、妙なことが起こった。大気の温度が不可逆的に低下しはじめたんだ。はじめはゆっくりと、やがては急激に。原因は恒星が活動を低下させたことだった。自然な現象なのかもしれないし、もしかすると宇宙虫たちがなにかしたのかもしれない。当時の科学者たちは、あと三百年前後で、惑星が居住不可能になると予測した。

私たちの種族は、そうしようと思えば、とても長く眠ることができる。過去の歴史では、そうやって数百年、数千年、致命的な天変地異を生き残った個体もいる。ただそれも、いつか状況が改善するだろうという見込みが立ってこそ意味がある。幸か不幸か、私たちの科学力はそんな楽観を許さない程度には高度だった。いくつもの方策が考案され、多少なりとも現実的なものは実行に移された。有力だったものの一つが、外宇宙への植民計画だ。数十年の準備ののち、私は、栄誉ある〝さきぶれ大作戦〟のクルーに選ばれた』

「さきぶれ大作戦……」

古戸さんがまじめくさった口調で繰り返す。ネーミング――これはおそらく日本語訳の問題なので、昆虫族のセンスが悪いわけではない――はともかく、それは種族の命運を賭けた、紛れもなく大きな作戦だったのだ。

『しかしその時点で、私たちが居住可能な惑星というものは発見されていなかった。つまりあるかどうかも分からない新天地を目指して、限られた物資と人員で卵を――ああ、私たちは卵で殖えるんだ――運ぶことになった。可能性が低いというのもおこがましい。それはほとんど見込みのない、死出の旅だった。

それでも、私はメンバーに選ばれたことが嬉しかった。種族と社会に貢献する、これ以上ないくらいの機会だったから。そして九人の仲間とともに、第三さきぶれ丸に乗り、母星を離れた』

滅びゆく文明と、その運命から逃れようとする種族。絶望を克服するための挑戦と、多くの犠牲。それは私が今まで経験してきた奇妙な出来事と、また別のベクトルで現実離れしていて、どうにも真実味のあるものとして捉えることができなかった。もちろん一万年の彼方《かなた》までやってきて、嘘をつく意味もないだろうが。

「しかし見たところ、君の任務はあまりうまくいかなかったようだ」

『残念ながらそのとおりだ、異星の友よ。まだ見ぬ新天地を探す旅は、しばらくの間平穏に続いた。機械にもクルーにもトラブルはなく、母星との通信も保たれていた。致命的な気温低下までまだしばらくの猶予はあったし、皆それほど悲観的にはなっていなかった。

しかし出発から十ヵ月が経ったとき、第三さきぶれ丸は大きなトラブルに見舞われた。図らずも、あの恐るべき宇宙虫のコロニー付近を、それと気づかずに通過し、発見されてしまったんだ。私たちの船はあくまでも植民船であり、自衛のための兵器は最低限しか積んでいなかった。宇宙虫どもの戦術兵器に捕捉されかけた私たちは、緊急プロトコルによる空間跳躍《ワープドライヴ》を実行した。

結果として、宇宙虫どもから逃げることには成功した。しかしトラブルはそれで終わらなかった。跳躍した先は、非常に強い重力場の只中《ただなか》だった。そうだな、この出来事をどう説明したらいいか。理論的にやや複雑なのだが、重力場の中では時間が――』

「それなら知ってる。いわゆるウラシマ効果というヤツだ」

「ウラシマ効果……？」

私は呟いた。名前からなんとなく想像はできるが、今一つ耳に馴染みがない。

「相対性理論。物体が光に近い速度で移動するとき、または極めて強い重力下にあるとき、そうでない場所よりも時間の流れが遅くなる現象だ。この場合、光速の宇宙船とか強い重力場が竜宮城ということになる」

古戸さんの解説を聞いた昆虫族が、なにか不思議な身振りをした。異星の文明が高度な物理学理論を発展させていたことに対する、素直な驚嘆と感動を示したのかもしれない。

『偉大なるウラシマ博士が、私たちの相互理解を助けてくれたことに感謝しよう』

「彼はおとぎ話の主人公だけどね」

『とにかく、重力場に捕らわれた私たちは、極めて緊迫した状況の中で、脱出の方法を模索した。エネルギー回路の暴走、船体の破損、危険な化学物質の漏出、第三さきぶれ丸が為《な》す術《すべ》もなく崩壊していく中で、いくつもの勇敢な犠牲と決断があった。私はたとえ何億年眠ったとしても、それを忘れることはないだろう。クルーで最年少だった私だけが、この脱出艇に乗り、重力場を脱出することができた』

私は緩く湾曲した天井を見上げた。直径およそ十メートル。飛行物体として決して小さくはないが、第三さきぶれ丸とやらに比べれば、救命ボートのようなものということか。星間飛行や空間跳躍の技術といい、異界の昆虫族が持っている文明のレベルは、人類を遥かに上回っているようだった。

『私は辛うじて生き残った。しばらく茫然《ぼうぜん》としたあと現在位置を割り出そうとしたが、既知の領域でないことが明らかになっただけだった。そしてショックはそれだけじゃなかった。恒星のスペクトルを観測したとき、先ほど言及したウラシマ効果の影響で、私は自分が生きていた時代より、かなりの未来に漂流してしまったという事実を知った。さきぶれ丸が重力場に捕まっていたのは一日足らずだが、その間、外の世界では千二百年もの時間が経過していたんだ。母星との通信はもはや繋がらなかった。おそらく文明は崩壊してしまったんだろう。もしかするとほかの船が植民可能な惑星を見つけ、元気にやっているのかもしれないけれど、それを確かめる術はなかった』

昆虫族はそのときを思い出すようにしばし押し黙り、再び口を開いた。

『この脱出艇に、恒星間を航行する能力はない。虚空に放り出された私は、そのまま朽ちゆくことになるはずだった。しかしそのとき、まったく偶然にも、私は太陽の光を見たんだ。そして私の名前と同じ三番目の惑星に、生命の輝きがあることも分かった。

旅はもはや目的を失ってしまったが、それが生命ある美しい大地を避ける理由にはならなかった。ただ、私は宇宙飛行士であって、外交官ではない。着陸したあと、この星の文明とどうやって接触したものか、そもそも接触すべきなのか、考えあぐねていたところに、君たちが落ちてきた』

長い話を終えると、横開きの口がゆっくりと息を吐いた。

「入口は、危ないので閉めてもらってもいいですか、とりあえず」

『ああ、そうだね。そうしよう。すまなかった。この星の空気に慣れておこうと思ったんだ』

昆虫族が壁のコンソールを操作すると、私の頭上にあるハッチが閉じた。落ち葉と土がパラパラと落ちてくる。

「結局のところ、目撃された謎の円盤の正体は、ウラシマ君の脱出艇だったわけだ」

「ウラシマ君？」

「彼の呼び名だよ。三番目のなんとかじゃ不便だろう」

『光栄だけど、過分な呼び名だね。偉大な科学者と同じとは』

皮肉な命名ではあるが、本人が気に入ったならば、私が口を出す筋合はない。

「しかし性急に文明と接触しなかったのは、いい判断だと思う。地球人類は結構排他的だからね」

腕組みをして頷く古戸さんの様子を、ウラシマは不思議そうに眺めている。一方の私は話のスケールについていけず、ただ戸惑うばかりだった。それでもウラシマが悪意ある侵略者ではなく、同情すべき漂流者なのだということは腑《ふ》に落ちた。語り口からは、極めて強靱かつ柔軟な知性を持っていることも推測できた。

『そうかな？　だとすれば私は今、幸運な例外に接しているということだね。なんにせよ、君たちのような高度で理性のある知的生命体と接触できたことを嬉しく思う。ただ、私の話は私の話だ。君たちにとって重要な話もしておきたい』

「宇宙虫のことですか」

先ほどから気になっていた話題だ。私が確認すると、ウラシマは四本の腕をシャカシャカと上下に動かした。どうやら肯定のジェスチャーらしい。

宇宙虫がどれくらい前から加狩山にいたのかは分からない。しかし晴れ間の雷や行方不明がウラシマの仕業でないのは間違いなさそうだ。私たちに見せた攻撃性から考えても、宇宙虫は人類の敵だと考えていいだろう。

思わせぶりな写真の一枚でも撮れればいいと思って来たのに、また大変なことに巻き込まれてしまった。私は思いがけず遭遇した宇宙的脅威に想いを巡らせながら、蒸し暑い室内でじっとりと汗をかいていた。この空調設定も、きっと母星の環境に合わせているのだろう。

「ウラシマ君の話から推測するに、その宇宙虫とやらは、君たちのような高度文明の担い手と渡り合うほどの科学力を持ち、なおかつ数万光年という範囲で宇宙空間を跋扈《ばっこ》している、非常に厄介な相手らしい」

気づけば古戸さんは脚を投げ出し、非常に寛《くつろ》いだ姿勢でいる。いつものことながら、未知への適応が早い。

『そのとおりだ、トキヒサ。繁殖力は決して高くないが、空間跳躍とも違う、奇妙な移動方法でどこにでも現れる』

「交渉は？」

『コンタクト自体は可能だ。しかし真の意味で交渉することは難しいと思う。宇宙虫どもは私たちに匹敵するか、もしかするとそれ以上の知能を持つが、精神構造はかなり不可解だ。私たちの文明がおこなった長きにわたる平和的接触の試みは、全てが惨憺《さんたん》たる結果に終わった』

「行動原理が気になるね。侵略か、繁殖か。人間を食べたりするんだろうか」

『宇宙虫どもは私たちを捕食することはなかった。おそらく君たちを捕食することもないだろう。遠く異次元からやってきたヤツらは、自分たちの世界のものしか食べることができないのかもしれない。

宇宙虫どもが求めるのは鉱物資源だ。どこからともなく現れ、コロニーを作り、採掘をおこなう。放置しておけば、この星はそこら中が穴だらけになってしまうだろう。それだけならいいが、星の住民が作業の邪魔になると判断した場合、ヤツらは攻撃を仕掛けてくるはずだ。この点、私は非常に危惧しているのだが――』

「誰が対策を取るんでしょうか？」

私はウラシマが考えているのと同じ懸念を口にした。もしかしたら外務省やＣＩＡみたいな組織には情報があるのかもしれないが、少なくとも一般の地球人は、この生物が存在することすら認識していない。

ウラシマは腕をシャカシャカと動かした。

『その様子からすると、私の心配は正しかったようだ。しかし、それほど恐れることはない。宇宙虫には弱点がある。コロニーの規模が小さければ、私と君たちだけでも対処できるだろう』

「弱点？」

『そうだ。まずヤツらは光を嫌う。おそらく暗黒に閉ざされた宇宙からやってきたせいだろうと思う。そして水にも弱い。ヤツらの翼はどういうわけか真空でも機能するが、逆に大気中ではあまりうまく働かない。水に濡れてしまうと、ただでさえ不器用なところを、まったく飛ぶことができなくなる。これだけでは駆除するのに十分でないが、行動を予測するのには必要な知識だ』

先ほどの遭遇で、宇宙虫は上空の高い場所ではなく、直射日光のない木々の間から姿を現した。単純に人間に見られないようにする以上に、なるべく日陰を移動しようとしていたのだろう。

『そしてヤツらにはある種の毒がよく効く。私たちの星では特別に合成した化学薬品が主な対処法だった。この船にも備えがあればよかったんだが……、なにか代替になる物質が見つかると思う』

ゴキブリを毒餌やスプレーで退治するようなものと考えれば、確かに対処できそうな気がしないでもない。しかし体長一メートルで、高い知能と武器を持ったゴキブリが相手と考えると、人類絶滅は免れないような気もしてくる。

　ゴキブリのことはひとまず置いておこう。

「武器はあの電撃みたいなのだけですか？」

『もっと大きな兵器も見たことはあるし、武装した飛翔体に乗っていることもある。しかしヤツらが単独で現れる場合は、大抵エネルギーを発射する武器だけを持っている。でも相手に損傷を与えることだけがやり方じゃない。ヤツらは他種族を操るんだ。催眠に似た方法や、もっと直接的な――ときにおぞましい外科手術が伴う――方法があるらしい』

「らしい？」

『実際に見たことはない』

　私はいつか見たB級映画で、女性の頭がチワワの胴体に載せられているシーンがあったのを思い出した。

『しかし私たちの種族にはよく知られた話だ。宇宙虫に脳を盗《と》られるぞ、というのが子どもを脅かすときの常套句《じょうとうく》になっている』

「…………」

『大丈夫。私も可能な限り協力するから』

どこかやる気をみなぎらせたウラシマの態度に、私は思わず頷きを返してしまった。かなり長い間話しても、まだ現実感が湧かない。もしかするとこれは、地球の命運がかかってくるような事柄ではないのか？　少なくとも、古書堂の店主とアルバイトが軽々しく関わっていいような事件ではない。

誰かに引き継いだり、助けを求めたりした方がいいのではないか。しかし私だって受け止めきれないような話だ。ほとんどの人にとってはもっと荒唐無稽に感じられるだろう。たとえ交番に飛び込み、善良な宇宙人と悪い宇宙生物の話をまくしたてたところで、警察が信じてくれるとは到底思えない。下手をすれば違法薬物の使用を疑われ、これまで古戸さんが犯したあれやこれやの軽犯罪が明るみに出てしまうかもしれない。もし本当に公権力を頼るとしても、私たちの正気を保証してくれるだけの、十分な証拠を集めてからだ。

それこそ映画よろしく筋骨隆々の退役軍人か、超常現象に強い天才物理学者でも仲間にいればありがたいのだが、あいにく私にも、きっと古戸さんにもそういう人脈はなかった。

とはいえ、ウラシマも十分心強い味方ではある。幾多の困難を乗り越え、一万光年の彼方からやってきた、勇敢な宇宙飛行士。敵に対する理解も深い。

「古戸さん。……どうします？」

「いいじゃないか、面白い」

彼はちょっとした寄り道を承諾するような調子で言った。

「空を埋める異形の虫たちと宇宙艦隊、というのも面白い絵ではあるけど……」

「やめてください」

『多分、どこかにコロニーがあるのだろうと思う。それをどうにかして見つけよう』

「まあ、具体的なことはゆっくり話そう。ひとまず――もし潤沢にあれば――水をもらっていいかな。僕ら人間は宇宙虫と反対に、水がないとすぐさまへばるからね」

『ううむ、分かった。事態は重大だが、今すぐどうなるというものでもない。慎重にやるとしよう』

三角フラスコのような金属容器で、蒸留水を飲みながら一服する。それからウラシマにはわがままを言って、室温を少し下げてもらった。エネルギーはどこから賄っているのだろう。太陽光発電か、それとも小型原子炉でもあるのだろうか。

それから色々と話してみたところによると、ウラシマの専門分野は医学と薬学であるらしい。だからなのか、人間の身体に強い興味を持っていた。了解を得て、古戸さんの眼球を覗き込んだり、骨や筋肉のつき方を見たりしている。

私は生物学に明るくないが、素人なりに推察するところによると、ウラシマの肉体は地球生物のそれにかなり近いようだ。さすがに人間とはかなりの点で違うものの、光でものを認識し、酸素を含む大気を呼吸し、水を摂取する。本人も言っていたように、きっと母星の環境が地球に近いのだ。光の速さで一万年という距離は途方もないが、人類という種がこの宇宙で孤独でなく、異種族の友を持ちうるというのは、そう悪くはない事実であるように思えた。

私たちが空間跳躍についての説明——理解はできなかった——を受けてみたり、写真撮影を頼んでみたりしている間に、時刻は午後四時を回ろうとしていた。私たちはまたウラシマの母星の景色も見せてもらった。地球の自然とまた違った美しさを持つそれらが、もはや溶けることのない氷に閉ざされてしまったのだと思うと、地球人である私にも言いようもない寂しさが感じられた。

そんな気持ちを知ってか知らずか、ウラシマは新たな課題に対処することで頭が一杯のようで、悲しむ様子はあまり見られない。あるいは種の特性として、人類より楽観的なのかもしれない。

『ここに泊まるというならやぶさかではないが、なるべくなら日があるうちに帰った方がいい。宇宙虫どもは夜にこそ活発だ』

何十体もの宇宙虫に囲まれ、異次元に連れ去られるような事態は勘弁願いたい。私たちはウラシマのアドバイスに従って、地下に埋まった円盤から這い出した。宇宙虫の影を恐れつつ、記憶を頼りに登山道へと戻る。

「まともな記事になりそうもないですね。話が壮大すぎて信じてもらえないでしょうし」

「そのあたりは適当に切り貼りすればいいんだよ。ウラシマ君も派手に露出したいとは思ってないだろうから、不気味な宇宙虫の存在をメインに据えればいい。記事は分量を稼いで連載する形式にすれば、安那さんも満足するはずだ」

「今後は、ひとまずコロニーを探すということになるんでしょうか」

「そうだね。それが分からないと駆除のしようがない。ただ、場所の見当はつく」

「廃鉱……」

「うん。あれほど大きな生物が何十匹も、存在を知られずに潜伏できるような場所は廃鉱ぐらいだろう。もちろん、自分たちで掘ることもできるんだろうけど」

しかしそれを調査するのは容易でない。廃鉱の入口が存在している場所は、ミサト興業という会社の私有地であるからだ。

「ミサト興業は……やっぱり普通の会社じゃなさそうですね」

「会社としての活動がどうかは知らないけど、彼らが宇宙虫を認知しているのはほぼ間違いないだろう。それを隠そうとしていることもね。人間は厄介だよ。毒で殺すわけにはいかないから。もちろん殴って殺すのもダメだよ」

「当たり前じゃないですか」

「とりあえずは必要な準備をしよう。物資を調達しないとな」

宇宙虫に遭遇することなく集落に帰りつくことができた私たちは、ライトバンで麓まで下り、夜までの時間を買い出しに費やした。都会のディスカウントショップでは見かけないような品々も、土地柄なのか案外簡単に見つかった。購入したのは、探索のための軍手、ヘッドライト、ナイロンロープ、双眼鏡。宇宙虫にはなにが効くか分からないので、熊用の唐辛子スプレー、何種類かの農薬、二酸化炭素の高圧ボンベや塩なども買ってみた。総計は十万円近くになったが、このときは必要なときに金銭を惜しまないという、古戸さんの数少ない美点が存分に発揮された。もっとも二十キロ以上になった荷物は、私がその大半を受け持つことになったのだが。

それらを車へと積み込み、宿へと戻る。宇宙虫は今のところ、人間社会に攻撃を仕掛けてくるようなことはしていない。しかしこの加狩山には、確実に多くのそれが潜んでいるのだ。市街から離れた山中の集落。木々の葉擦れやコウモリの羽音を聞くたびに、五対の肢を持つ巨大な甲殻類が目蓋の裏にちらつく。明るい朝を待ち遠しく思いながら、私は電気をつけたままの個室で布団を被り、明日の行動に備えた。

*

次の朝は全天を薄く灰色の雲が覆い、雨もなく日光を遮るだけの中途半端な気候だった。宇宙虫たちにとって活動しやすい条件なのは都合が悪い。

午前八時から行動をはじめた私たちは、ひとまず買い込んだ物品をウラシマの脱出艇まで運び込むことにした。民宿でガスだか薬品だかを調合しているところを見られれば、もしかしなくても面倒が起きる。

加狩山から別の山へと縦走していく人もいるので、大荷物がそれほど目立たないのは幸いだった。登山リュックに色々なものをくくりつけ、再び道を外れて脱出艇を目指す。

「そういえば、場所が分からないな」

「私もちょっと……」

迂闊なことに、私たちは昨日の場所をほとんど覚えていなかった。船は地中に埋まっているので、近くまで行かないと入口を見つけられない。なにか目印でもつけておけばよかったのだが、後悔してもあとの祭りだった。

おおまかな見当をつけながら、露に濡れた木々の間を進んでいたとき、私は前方から羽音のようなものを聞いた。咄嗟に唐辛子スプレーを構え、襲撃に備える。

しかし次の瞬間現れたのは宇宙虫でなく、巻貝に似た形をした拳大の飛行物体だった。あまり見かけないタイプだが、無人飛行機《ドローン》のようだ。

『いらっしゃい。心配していたよ』

昨日聞いたウラシマの声が、小さなスピーカーから響いた。

「ごめんなさい、迷っちゃって」

『大丈夫だ。これについてくればいい。自動運転で脱出艇まで案内してくれる』

安定した軌道で飛んでいくドローンを追って山中を進む。相変わらずあたりは不吉な静かさを湛え、どこか異界じみた冷気を漂わせている。

しばらくして私たちは、落ち葉に隠された銀色のハッチに辿り着いた。ゆっくりとそれが開き、奥で細い梯子《タラップ》が展開される。地球のそれとはやや異なる形状に苦戦しつつ、内部に降り立つ。

ウラシマは小さなモミの木に似た立体映像《ホログラム》装置の前にしゃがみこみ、熱心にそれを眺めていた。私たちが姿を現すとまもなく顔を上げ、複雑な色で煌めく複眼をこちらに向けた。

「おはよう。なにをしてるのかなウラシマ君」

古戸さんが尋ねる。

『おはよう。時間帯によって挨拶が違うのは面白いね』

ウラシマはホログラムを指さした。

『君たちが歩いてくる間に、これを読み返していた。〝異星人接触マニュアル〟という題の記録メディアだけど、正式なマニュアルじゃない。ジョーク本とでも言うのかな。子供のころ、私はこれを読みながら、まだ見ぬ遠い場所に想いを馳《は》せていた。……ところで、その荷物は？』

「調査と、宇宙虫対策の物資だ。少しの間、ここに置かせてもらうよ」

『もちろん、構わないよ』

「ひとまず私たち、コロニーを探そうと思うんです。ずっと前、この山にあった炭鉱が怪しいと思うんですけど、あんまり大っぴらには調査できないので、こっそりと」

『鉱山……鉱山か。ありそうな話だ。含まれている鉱物によっては宇宙虫どもの目的も果たせるし、暗い洞窟の中はコロニーを作るのに適している』

それからウラシマは言い淀み、少ししてから口を開い――正確には首の部分を震わせ――た。

『もし外出するのなら、私も同行させてもらえないか』

これまでの言動から、ウラシマがそう言い出すであろうことは予測できた。しかし不要なトラブルに巻き込まれる可能性を考えると、二つ返事では了承できない。ウラシマが持つ知識や技術と、人目につくリスク。重大なのはどちらか。

「どのみちこっそり行くから、いいんじゃないか。留守番というのも暇だろうし」

古戸さんは少しでも考えているのかいないのか、私の顔を見もせずに快諾してしまった。

『ありがとう』

不思議な身振りで喜びを示すウラシマを目にした私は、反論の機会を逃してしまった。

ともかくそういうことになった以上、気をつけて行くしかない。ポンチョでも被せておけば、少なくとも遠目にはごまかせるだろう。

パーティーの編制はともかく、今のままでは荷物が多すぎるので、出発の前に携行品を吟味することにした。ひとまずは偵察ということで運動性を重視し、持っていくものは最低限。三十分足らずで準備を済ませ、脱出艇をあとにする。目指すは山の反対側だ。

『寒くて困るよ、この星は』

屋外に出てから、ウラシマはしきりに呟いていた。天気予報によれば、本日の最高気温は曇りながら十八度。人間基準、それも山歩きをしながらと考えれば決して寒くはないが、ウラシマにとってはかなりの低温に感じられるらしい。カムフラージュと防寒のためにポンチョを着せると、なんだかコミカルな格好になった。

『そういえば先ほど、ミサト興業という組織の話をしていたね』

今後、調査の障害となりそうなものについて、ウラシマにはあらかじめ話してあった。

『彼らは宇宙虫どもに操られているかもしれない。その、つまり、君たちは同胞と敵対する懸念がある』

「かもしれない、というよりもほぼ間違いなく、ミサト興業の人間は宇宙虫と結託している」

気づかわしげなウラシマに対して、古戸さんはこともなげに言った。

「比較文化論の授業だ、ウラシマ君。人類は同胞を裏切り、自らの利益を追求することを躊躇《ためら》わない種族であり、我々の歴史は策謀と闘争の歴史でもある。古くは近縁の種族を絶滅させ、国や時代によっては殺傷のための武器を常に持ち歩き、今なお百万の同胞を瞬時に殺すことのできる兵器を保持している。そしてしばしば表向きは敵意を隠し、直前の直前まで友人のように振舞うものだ。ミサト興業が宇宙虫の正体と目的を知ってなお、こちらに牙を剝《む》くということは、人類の基準で言えば意外でもなんでもないんだよ」

『そうなのか、ユウコ』

「まあ、否定はできませんよ。話し方はムカつきますけど」

「もし人類に対して素敵なファンタジーを持っていたなら、夢を壊してしまったようで申し訳ない。でも、はじめの方にも伝えたはずだ。そして、それは人類とつきあうときに、当然想定しておかなければならない事実だ」

真剣な忠告のようでもあり、ただのからかいのようでもあり。古戸さんの表情を見るに、多分後者だろう。善良な宇宙人を挑発する邪悪な地球人。出会う存在を間違えたのはウラシマの不運だ。

それを今更ながら憂えたのか、しばしの沈黙。

『確かに、私たちは滅多なことで同族とは争わない。個人同士の諍《いさか》いさえ、君たちに比べれば極めて珍しいだろう。騙《だま》したり裏切ったりということは、それがもし可能な者がいたとして、最も恥ずべきことだと評価される。

私も君たちと出会う前、様々な情報を集めた。文化、歴史、娯楽作品。そこに表れていた、いわゆる高い攻撃性というものは、正直に言って理解しがたいものがあった。……それでもね、ユウコ、トキヒサ。私は、理解すらしたくない、とは思っていない。君たちの種族はその能力を持っていたからこそ、この惑星で繁栄しえたんだ。多くの争いは単なる無理解によって生まれる。これは異星人接触マニュアルの受け売りだけど』

「なるほど。人類は君の触角の先っぽでも煎じて飲むべきだね」

『敏感だし再生しない器官だけど、どうしてもというなら提供も考えるよ』

私たちは一時間半ほど山中を進んだ。二度ほど人目を憚りながら、登山道を横切る。やがて行き当たったのは、高さ二メートルほどの金網フェンス。それは左右に長く延び、ミサト興業の私有地であるという区域を囲っているようだった。

「また随分周到なことで」

古戸さんは呟きながらも、あたりの人影に目を光らせている。

私有地であることを示すだけならば、ロープに看板でも吊《つ》るしておけばいい。危険な廃鉱があるからという理由があるにしても、やや大げさすぎるような気がした。やはりなにか隠したいものがあるのだろう、と勘繰らずにはいられない。

「ウラシマさん、疲れてないですか」

『大丈夫だ。ありがとう』

ウラシマは時折金属容器に入った液体を口にして、栄養補給をおこなっていた。見せてもらうとそれはどろりとした茶色の液体で、聞けばショ糖を主成分にしているらしい。私は樹液に集まる甲虫を思い浮かべたが、失礼だと思ったので口には出さなかった。

「古戸さんも、前に比べると体力ついたんじゃないですか」

「お、分かるかい。いよいよきなこ牛乳の効果が出てきたな」

「はあ」

そういえば、毎朝飲んでいると言っていたような気もする。古戸さんの地味な努力に感心しつつ、私は金網を眺めた。幸い上部に有刺鉄線はなく、見える範囲では監視カメラもなかった。安全を確認してから網に手をかけ、一人ずつ登っていく。ウラシマは体力こそ人間と同程度だが、器用さや敏捷性という点では、運動の苦手な小学生にもやや劣っていた。私と古戸さんは六本の手足を引っ張ったり支えたりして、なんとか金網を越えさせた。すりむいた手や肘をさすりつつ、さらに奥へと進む。

朝起きたときは雨でも降っていればいいと思ったが、長く行動することを考えれば、そうでなかったのは幸運だったかもしれない。

「お、これは軌道の跡じゃないか」

またしばらく行くと、古戸さんが廃鉱への標となりうるものを見つけた。ひどく錆《さ》びつき、半ば土に埋もれていたのは、かつて物資や人員を行き来させていたらしいトロッコの軌跡だった。

私たちは進路をやや北、斜面を登るような方向へと変えた。所々壊れ、途切れ、撤去されている軌跡を辿りながら、廃鉱の入口を目指す。

もし廃鉱がコロニーと化しているならば、道中でも宇宙虫と遭遇する可能性は高い。右手に唐辛子スプレーを握りしめ、いつでも噴射できるようにしておく。

背後や頭上に注意しながら三十分ほど歩くと、やがて森が途切れ、大きな広場のような地形に行き当たった。当時徹底して整地されていたせいか、根こそぎにされた木々はまだ復活しておらず、落ち葉に覆われていない裸の土が風に晒されていた。

広場の奥には赤錆に覆われた鉄の建築物——おそらく、人や鉱石を地下から運び出す鉱山の施設——がある。

「ストップ。上にいる」

古戸さんが鋭く囁いた。声に釣られて目線を上げると、灰色の空を背景に、二匹一組で飛ぶ宇宙虫の影があった。

私は反射的に息を止めた。緊張で身体が強張る。

宇宙虫に人間のような目はないため、こちらに気づいているのかどうか、にわかには判別しづらい。視覚――光に頼らないならば、音や臭い、体温に敏感かもしれない。

しかし少なくとも地球の環境下においての知覚は、野生動物や人間ほど鋭敏でないらしい。二匹の宇宙虫は私たちに気づいた風もなく、東の方へと飛び去っていった。

私は大きく息を吐き、スプレーを握っていた手の力をゆるめる。

「今のは見張りだったのかな？」

「どうでしょう。ほかにはいないみたいですが……」

私たちは恐る恐る錆びた建築物に近づいた。いつ別の宇宙虫が飛び出してきてもおかしくない。少しでも羽音が聞こえればすぐさま反応できるように耳を澄ませ、こちらも音を立てないよう足元に細心の注意を払う。

しかし結果として警戒は徒労に終わった。かつて坑道の入口だった場所は、鉄とコンクリートで完全に封鎖されていたからだ。さらに周囲を探索してみても、宇宙虫が地下と行き来できそうな穴は見つからなかった。

「炭鉱はコロニーじゃないんでしょうか」

不法侵入が空振りだったことに落胆し、しかし心のどこかで安心しながら私は言った。

「いや、そうとも限らない。廃墟《はいきょ》マニアを避けて、入口を移したのかもしれないし」

「でも手がかりがないことにはどうしようもないですよ。私有地全部を探すのは無理ですし」

『ちょっといいかな、二人とも』

そのとき、なにかを見つけたらしいウラシマが声を上げた。その複眼の先を追うと、北東の方角、ほとんど麓に近いような場所に、角ばった白い建物が見える。

『アレはなにか分かるかな』

住居には見えない。かといって事務所らしいかというと、そうでもない。

「コロニーではないだろうね。人間が建てた施設だ。宇宙虫に関係しているとは限らないけど、このまま手ぶらで帰るのも癪だからねえ、行ってみようか」

「誰かいたらどうするんですか」

「スプレーを使えばいい」

「宇宙虫ならいいですけど、人間相手に使うのは……」

しかし先ほども宇宙虫に遭遇したとおり、この山は明らかに異常だ。もしなんの対処もしなければ、遠からず恐ろしいことが起こるような気がした。手がかりを得るためならば、少々のリスクは看過すべきなのかもしれない。私は眼下にある白い建物を目指し、ずんずんと先に進む古戸さんのあとを追った。

＊

苦労して建物の近くまでやってくると、それは装飾のないほぼ真四角の平屋で、ダム付近にあるような電力会社の施設にも似た、どこか用途を測りかねるような外観をしていた。周囲に人影はなく、車も停まっていなかったが、敷地全体を眺めれば、舗装されていない道路が西――集落方向――に続いている。うっすら轍《わだち》が残っているところからすると、定期的に人の出入りがあるのかもしれない。あるいは、人以外の出入りが。

『どういう役割の施設なんだろう』

「古民家カフェでないことは確かだ。入ってみよう」

窓にはどれも板が打ちつけられていて、それを剝がすのはあまり現実的でない。唯一の入口は公共の建物でよく見るような、半透明のガラス扉だった。古戸さんがどこからともなく小型ハンマーを取り出して、手の中でくるりと回す。

「待ってください。これ、開いてるんじゃないですか」

両開きの扉には古めかしいボタン式の錠前がついていたが、鍵はかかっていなかった。おそらく電池切れのまま放置してあるのだろう。あるいは不特定多数の出入りを想定して、あえて開放しているのかもしれない。

『私が開けよう。ユウコとトキヒサは周りに注意してくれ』

ウラシマの指示に従い、私は扉の傍に立って不意の遭遇に備えた。四本の腕が不器用に取っ手を引くと、内部からはぞっとするほど冷たい空気が漏れ出した。

病院を思い出させる消毒薬の臭い。それでも隠し切れない生臭さ。廃墟のそれとは違う、まだ嫌らしく蠢《うごめ》いている不気味さが、私の背筋をゆっくりと這い上がる。

「さて、行こうか。静かに……」

古戸さんが大仰な仕草で唇に指を当て、ウラシマがよく分からないままそれを真似する。私は扉が大きな音を立てないよう、冷えたガラスを押さえながら、慎重にそれを閉めた。

入ってすぐの場所は、十五メートルほどの廊下になっていた。窓に打ちつけられた板の隙間から光が入り、クリーム色のリノリウムに細い線を描いている。突き当たりには白い陶製の流しがあり、その縁からは青いホースが先端を覗かせていた。

音は聞こえない。奥に向かって左側には扉が二つ。どちらを先に調べるべきか？　万が一、本当に人がいたらどうしよう。うまく言い訳できるだろうか。

土足のままひたひたと進み、まずは手前の扉を確かめる。部屋の用途を示すようなものは見当たらない。先ほどと同じようにウラシマが開け、私が警戒する。

つんとした消毒液の臭いが一層濃くなり、流れ出た冷気がふくらはぎを撫でた。暗い部屋の中を見て私は一瞬無人だと思い込んだが、それは危険な誤りだった。不自然な風を感じ、咄嗟に腕で顔を庇うと、鋭いハサミのようななにかが衣服と肌を切り裂いた。

「っ……」

宇宙虫だ！　私が一歩後退すると、そのおぞましい身体が薄明かりの中であらわになった。甲殻類めいた――以前見た個体とは違う、薄ピンク色の――胴、枯れ枝のように細い五対の肢、頭と思しき渦巻き状の組織を持った生物が飛び出してきたのだ。奇襲を受けたことに加え、ただでさえ生理的な嫌悪感を催させるその姿を至近で目撃し、私は大きく怯《ひる》んでしまった。そして同時に後悔がよぎる。ヤツらの出入りが想定されるなら、暗いからといって油断するべきではなかった。

私はスプレーを噴射したが、やたらめったら振り回された相手の肢で、武器を叩き落とされてしまった。

「下がって！」

古戸さんとウラシマに警告する。室内に広がった唐辛子の成分で目や鼻が痛んだ。それを嫌うようにして出てきた宇宙虫は全長百五十センチ近く。コウモリに似た小さな羽を動かして空中に浮かんでいる。先ほど私を傷つけたのは武器ではなかった。宇宙虫自身の肢が、鋭いハサミのようになっているのだ。

もし自分一人だったら逃げ出していただろう。背後にいる二人の存在感に支えられ、私はなんとか踏みとどまった。スプレーは相手から力を奪うに至らず、ならば自らの筋力と技を恃《たの》むしかない。何万回と鍛錬した動き。踏み込みからの中段突きで、宇宙虫の胴体を正面から捉える。

キュッ、と奇妙な音がした。殴った場所からなのか、呻き声として出てきたのかは分からない。手応えもまた奇妙だった。宇宙虫の身体は見た目よりはるかに軽く、スナックの袋を叩いたときのような感触がした。

打撃した場所を見れば、宇宙虫の甲殻はわずかにひび割れていた。与えたダメージはどれほどだろう？　十本もある肢が反撃してくる前に、私は相手の胴体を押しのけるように前蹴りを放った。

「楠田さん、できたらちょっと手加減してくれ」

「言ってる場合ですか」

宇宙虫との間合いが開き、心に少し余裕ができる。

「捕虜にしたいんだよ。のちのち役に立つから」

漂うスプレー――やはり室内で使うべきではない――の成分に咳きこみながら部屋の奥へ逃げようとする宇宙虫を追い、手近にあったパイプ椅子で背後からぶん殴る。これはさすがに痛打となったようで、力を失った羽が身体を支えられなくなった。奥の壁にぶつかったあと、弱々しく地面に落ちる。

古戸さんが部屋の電気をつけると、宇宙虫の頭が苦痛を訴えるように、ちかちかと色を変えるさまが見えた。しかしそれもすぐに大人しくなり、抵抗の気力を失ったのが分かった。

『恐ろしい……』

ウラシマは目の前で繰り広げられた肉体的な闘争に怯えていた。平和を旨とする種族にとっては刺激が強かったようだ。

「傷、大丈夫？　手当てしようか？」

「血を止めれば大丈夫だと思います。その辺に布とかありませんか？　最悪ガムテープでも」

改めて、明るくなった室内を観察する。見るからに危険なもの、おぞましいものはなかったが、あたりにはそれを予感させるうすら寒い品々があった。

ここは処置室、いやおそらくは手術室だ。棚には薬局では売っていないような医薬品や銀色のトレー、それから明らかに人間用ではないねじくれた形をした器具、どうやって動くのか分からない、手製と思しきマニピュレーターなどがある。

幸いまともな品もあり、手当てに役立つガーゼや清潔な包帯が見つかった。傷は浅く、しばらく圧迫していれば血もすぐに止まりそうだった。自分の処置を済ませてから、手術用と思しきテープで宇宙虫を雑に拘束する。とりあえず肢と羽を束ねておけば大丈夫だろう。強度は若干心もとないが、しばらくなら問題ないはずだ。

「ウラシマ君、宇宙虫はここでなにをしていたと思う？」

古戸さんは棚にしまわれていた器具を取り出し、興味深そうにいじっている。片方の端にあるクランクを回すと、もう片方にある刃物が奇怪な動きをした。

ウラシマは黙ったままでいる。

「ウラシマ君？」

『脳だ……。脳を取り出していたんだ……』

電子音声であるにもかかわらず、ウラシマのまさかという気持ちが伝わってくる。噂としてだけ聞いていたものが脳裏に蘇り、よからぬ想像が膨らんでいるのだろう。

しかし私からしても、その反応は無理からぬもののように思えた。北側の壁には、先ほど行かなかったもう一方の部屋に通じる扉がある。手術室らしき場所、異様な冷気。奥になにが置かれているのか、想像力を駆使するまでもなく推測できる。

正直なところ行きたくない。しかし情報を得るためには行かなければならない。

「なるほどね。……さて宇宙虫君。君はこれから、自分たちが解剖していた生物に実験されることになるが、今はどんな気分かな？」

古戸さんはイカれたセリフを宇宙虫に投げかけながら、持参した荷物からビニールパックを取り出している。どのような毒物が効くのか試すつもりなのだ。一方の私は痛む腕をさすりつつ拷問の現場に背を向け、意を決して隣の部屋に向かった。

扉を確かめてみる。こちらにも鍵がかかっていない。今にして思えば、宇宙虫を煩わせないための措置なのだろう。うっすらと開いたドアの隙間から内部を覗く。電気はついていないが、その代わり小さなランプやボタンの灯りが見えた。先ほどあったことのせいで私は極度に警戒していたが、すぐさまなにかが襲ってくるということはないようだ。

ドアを開け放ち、壁際のスイッチを手探りで押す。照明のついた室内に人影を見て、私はぎょっとした。

その人影はおそらく男性で、部屋の奥に置かれた車椅子に座っていた。スラックスとワイシャツに身を包み、灰色の帽子をかぶり、サングラスをかけている。しかし私はすぐ、それが動かぬマネキン、もとい人形であることに気がついた。とはいえ造りはとても精巧で、まじまじと観察しない限り、すぐさま偽物だと判別することはできないだろう。

人騒がせなオブジェに内心舌打ちしつつ、改めて周囲に目を遣る。ここは隣の部屋よりも一回り小さい。黒いスチールラックには、金属やガラス、アクリルの円筒がざっと数十は並んでいた。

詳しく見てみるまでもなく、それらは全てが生体組織の標本だった。脳、脊髄、これは——精密に摘出された神経網だろうか？　そして内臓、内臓、内臓。別々に分かれているものもあれば、大きな容器に一セットが入っているようなものもあった。

合法的に手に入れたものとは思えない。それは生命を冒瀆した科学的好奇心の産物だった。隣の部屋で拷問に遭っている宇宙虫の存在を考えずとも、研究者の正体は明白だった。まさか採取の対象は、これまでの行方不明者なのか。

私が部屋の様子をカメラに収めたとき、背後でざらついた低い声がした。

『珍しいお客さんだ……』

弾かれたように振り返る。なにもいない。いや、人形がいる。

『ふ、ふ。そうそう、ここだよ』

胸に手を当てて深呼吸。改めて仔細《しさい》に観察してみても、人形は間違いなく人形だ。命のない物体が喋るはずはない。この部屋に監視カメラが隠してあって、誰かが遠隔で話しかけてきているのだろうか。しかし警備員にしては喋り方が変だし、タイミングも不自然だ。

背後でがちゃりと扉が閉じた。不吉な予感と義務感の間で揺らぎながらも、私はゆっくりと車椅子に歩み寄る。まさか立ち上がるようなことはないだろう。あまり確信は持てないが。

「おっ、防カビ剤が効果抜群だな！」

すぐ隣の部屋ではしゃいでいる古戸さんの声が、どこか遠くに聞こえる。冷静に考えれば二人を呼ぶべきだったが、私はどうしても人形から注意が外せなかった。

『怖がらなくていい。さあ、もっと近くに』

自分でもなぜそうしたのかは分からないが、おそらく人形の正体を明かしたいという焦燥があったのだろうと思う。私は会話をはじめる前に、ギリギリの場所から手を伸ばし、人形が被っていた帽子を外した。

『ふ、ふ、ふ、ふ、ふ』

そこにあったのは容器だった。

ねばつく溶液の満ちたガラスと金属でできた円筒。無機質な嗤《わら》い声に合わせて、基部のスピーカーがわずかに振動し、紫色の小さなランプが神経質に点灯し、不快な気泡がぷつぷつと弾けた。

そこには脳が入っていた。容器に封入されているのは、まだ生命を保ち、あまつさえ清明な意識を持った脳なのだ！

「あっ……」

私は言葉を発しようとしたが、舌がうまく回らなかった。喉の奥に大きな塊を押し込まれたような感じがした。少し遅れて、それが激しい生理的嫌悪によるものだということに気がついた。

「……あなたは誰ですか？」

一度深呼吸してから、ようやく尋ねることができた。

『私は、君の目の前にいる者だよ』

こちらをからかうような答えが返ってきた。缶の中にある脳は、明らかに現状を認識し、面白がってさえいるようだった。

「宇宙虫に脳を盗まれたんですか？」

『宇宙虫？』

「頭が肉の渦巻きみたいになってて、肢が十本ある生き物です」

『ああ、君は彼らをそう呼ぶのか。随分と不遜じゃないかね。私に言わせれば、人類の方が虫のようなものだと思うが。……脳を盗まれたと言ったね。それは事実とは違う。私は、自ら望んでこうなったんだよ。君も、是非やってみるといい。極めて貴重で、素晴らしい体験になる』

素晴らしい体験？　脳だけになって溶液に浮かんでいる状態が素晴らしい体験？

「……そうは見えませんが」

『煩わしい肉体を捨て去るだけでも、随分結構な気持ちになるよ。病や疲れに悩まされず、せっせと維持する必要もないからね。脳だけになって見る夢を想像したことはあるかな？　それは純粋な精神の活動なのだ。

それにこの状態ならば、彼らに連れられて暗黒の外宇宙を飛び、人類が永遠に到達し得ないであろう、数多《あまた》の惑星の景色を眺め、言語はおろか、根本的な思考様式さえ異なる、高度な知的存在と、実に興味深い対話をすることができるんだよ。

私は地底に作られた水晶の都市を見たし、暗黒に祝福された闇の森を逍遥《しょうよう》した。金属の身体を持った種族同士が、激しく戦うところにも居合わせた。天から降り注ぐ百億の火球に焼かれ、跡形もなくなった文明に無常を感じた。言葉だけで想像することは難しいだろうね。私は生きている間にこんな体験ができるとは思っていなかった。地球の表面に這いつくばり、時折ぴょんと跳んでみるだけの人間には、永劫《えいごう》の努力をしたところで、どんなに勇気を奮い起こしたところで、こんな境地に辿り着くことはできないよ』

無機質で途切れがちな声からでも、静かな興奮と恍惚《こうこつ》が伝わってきた。こちらを惑わせるための嘘とは思えない。この男は宇宙虫と接触し、合意のもとに脳だけの状態になり、実際に私が考えもつかないような経験をしたに違いない。もっともそれには、幾分かの幻想が含まれているのかもしれないが。

「あなたの言う、彼らっていうのは何者なんですか。地球になにをしにきてるんですか？」

私は強引に話を戻した。そのままにしておけば、男は永遠に無為なお喋りを続けそうだった。

『地虫に人類の意図を理解することができないように、矮小《わいしょう》な知性しか持たない人類に、彼らの意図を、真《しん》に理解することはできないだろう。ただ思うに、彼らは宇宙に散らばる興味深いもの、素晴らしいものを収集することに、意義を見出しているようだ』

私が宇宙虫に対して抱いている印象は、短期間での少ない情報から形作られた不完全なものだが、この男の宇宙虫に対する評価も、また大いに偏っているような気がした。それから彼が示している肉体への不敬、人類への侮蔑は、どうにも受け入れがたいものだった。

先ほどからの嫌悪感はもはや耐えがたいほどになり、私はこの部屋にいること自体が苦しくなってきた。

そのとき、私の背後で扉が開いた。

『これは一体……』

ウラシマが部屋に入ってきたのだ。棚に並べられたたくさんの標本を見て、息を吞んだような気配がした。

『また、新しいお客さんだね』

人形が低い声で言う。

「ウラシマさん、これ……」

私は今の奇怪な会話を共有すべく、人形の頭部にある容器を指し示したが、室内を一瞥したウラシマの関心は、別のところに吸い寄せられてしまった。以前に医学が専門分野だと言っていたから、人間の標本に興味があるのかと思ったが、どうもそうではないらしい。ウラシマは変わった形の脳標本の前に立つと、それを食い入るように見つめ、小さく震えはじめた。ひどくショックを受けているように見える。

私は人形から離れ、ウラシマの隣に立った。よく見ればこの脳は単なる奇形でも、一部が切除されたものでもない。兜《かぶと》のような形をしたそれは、質感も構造も人間のそれとはかなり異なっていた。

『そんな――ここに――私たちの、なぜ』

断片的な呟きが翻訳機越しに聞こえる。しかしウラシマは日本語の音声を煩わしいと思ったのか、首に取りつけていたブローチ型の機械に触れると、その電源を切ってしまった。

脳の容器は、人形の頭部にあったものとよく似ていた。これもまた電源に接続され、生かされているようだ。円筒の基部にある金属のところから、わずかな振動が発せられている。抑揚と音節のついたそれは日本語でも英語でもなかった。私がはじめてウラシマと出会ったときに聞いた、そして今も現にウラシマが発している言語だ。

目の前にあるこれは、ウラシマと同じ異星の昆虫族の脳なのだ。

こんな形での再会を果たした両者の心境を推し量るのは難しかった。会話に介入することもできず、また人形と話し続けたくもなかった私は、ひとまず隣の部屋へと撤退することにした。

ドアの向こうでは、古戸さんがパイプ椅子に腰かけて、宇宙虫の死骸をいじくりまわしていた。

私が偶然ここを訪れた宇宙虫なら、悲鳴を上げて卒倒するような光景だ。

「誰かと話してた？」

「脳を缶詰めされた人がいました」

私が見たままを報告すると、彼は心底楽しそうに笑った。

「ウラシマ君の親御さんが使った脅し文句は、本当だったわけだ」

「それ、どうしたんですか」

私は死骸を指さした。つい十分前までは生きていた宇宙虫だが、今は飲み物の中で溶けた氷のようになっている。

「うん。いくつかの薬剤には耐性があったけど、粉末の防カビ剤をかけるとあっという間に組織が破壊されてしまうんだ。このあたりを見てごらん、裂いたシイタケに似てるだろう。地球の生物で言うと、キノコに近いのかもしれない」

古戸さんは鉗子《かんし》で渦巻きの一部を引っ張り、内部を広げて見せた。とても直視する気にはなれない。キノコに近いというのならきっとそうなのだろう。

「そして宇宙虫は、死後すぐに溶解をはじめるということが分かった。この生物が地球で形を保つにあたっては、なにかとても繊細な生理機構が働いているに違いない」

「……はあ」

「感想は？」

「吐きそうです」

「なるほど。鉗子押さえるのと写真撮るの、どっちがいい？」

「写真で」

私はのそのそとデジタルカメラを取り出し、電源を入れて背面モニタを覗いた。しかしそこに映る宇宙虫の姿は、下手な画像処理を施したかのように、輪郭だけがぼんやりと判別できる不明瞭なものだった。鉗子を持っている古戸さんの手は見えるが、それが露わにしているものは見えないのだ。何度確認してみても、映像にしてみても、宇宙虫の実体を捉えることはできなかった。

「古戸さん、どう思いますこれ」

「……なるほど。死骸は溶けて残らない。写真にも映像にも残せない。道理でこれまで証拠がなかったわけだ」

しかしこれでも、なにかがいるということは分かる。記事にするだけであれば、変にリアルでグロテスクな生物を映すよりはいいのかもしれない。

「ウラシマ君の意見ももっと聞いてみたいんだけど、まだ脳みそと話してるのかな」

無遠慮な好奇心を示す古戸さんに、あの悲劇的で奇妙な再会をどうやって説明したものか。私が苦慮していると、ホールの方から金属の軋む音がした。建物に誰かが入ってきたのだ。

長居するべきではなかった。しかし後悔先に立たず。

「防カビ剤はもう少ないな……。楠田さん、ウラシマ君呼んできて」

この場合、人間に咎められるのと、宇宙虫に襲われるのと、どっちが好都合だろう？　そんなことを考えながら、私は脳の容器がある部屋に戻った。

「ウラシマさん」

私が扉を開けたとき、ウラシマはこちらに背を向けて、まだ同族の脳に向き合ったままだった。なにか——首のあたりを振動させる例のやり方で——呟いていたが、翻訳機がオフになったままだったので、意味を理解することはできなかった。伝わらない言葉で悠長に呼びかけている場合ではないと判断した私は、そのポンチョに覆われた肩に触れ、腕を取って同行を促した。抵抗せず従うウラシマの身体越し、ちらりと見えた脳の容器は完全に沈黙し、電源が落ちているようにも見えた。

『ふ、ふ、ふ、ふ』

人形が嗤う。無性に腹が立ち、容器を叩き割ってやりたくなるが、今はその余裕がない。私がウラシマを連れて戻ったとき、視界の端で扉が動いた。先ほどの手術室に繋がる扉から、誰かが入ってくる。

人間か。いや、宇宙虫だ。五対ある肢の一本には、あの恐ろしい木片が握られていた。次の瞬間に放たれるであろう致命的な攻撃を予感して、私は思わず身を竦めた。

しかし甲高い雷鳴の代わりに響いたのは、ヒイイという弱々しい悲鳴のような音と、狂ったような羽ばたきだけだった。古戸さんがうまく不意をつき、宇宙虫の渦巻き部分に、白い粉末の防カビ剤を浴びせかけたのだ。

果たして薬剤の効果は目覚ましかった。粉末に触れた渦巻きはすぐさま腐食し、溶解し、それによって宇宙虫の知覚と運動は滅茶苦茶《めちゃくちゃ》に破壊された。脳にあたる部分を溶かされた犠牲者は、弾かれたように飛んで棚に激突したあと、十肢を不規則に痙攣《けいれん》させながら床を転がり回った。

この生物に声帯がなかったのは幸運だった。こんな状態で上げる断末魔の叫びがどのようなものかは、あまり想像したくない。

「うーん。僕も脳と話してみたかったけど、いい加減に退散した方がよさそうだな」

宇宙虫を見下ろす古戸さんの目に哀れみはない。彼にとってはあくまで虫なのだ。

「……大丈夫かウラシマ君。なんだかぼんやりしてるな」

ウラシマは動かなくなった宇宙虫と古戸さんを交互に見比べたあと、ようやく翻訳機がオフになっていることを思い出したようだった。尖った指先がそれに触れると、機械から途切れ途切れの日本語が聞こえた。

『……行こう。あとで、詳しく話すよ』

ともかく私たちには、知り得た事実を整理する時間が必要だ。どこかで休むにしても、ここからはすぐに離れた方がいい。誰かが来るかもしれないという意味でも、単純に不快な場所であるからという意味でも。

こうして私たちは部屋を出て、おぞましい研究がおこなわれていた建物をあとにした。そしてまた探索の態勢を立て直すべく、曇天の下、さわさわと音を立てる山の中へと分け入っていった。

＊

『すまない。やっぱり、少しの間一人にしてくれないか』

ミサト興業の私有地から出たあと、ウラシマは私たちにそう言った。同族の脳に再会したのがよほどショックだったのか、それとも告げられた内容になにか思うところがあるのか。表情は分からないが、心情の混乱は容易に想像できる。宇宙虫と遭遇する危険を考えれば、まとまって行動するに越したことはなかったが、事情が事情だったので、私も特に反対はしなかった。

ウラシマと別れてから集落に戻る途中、私は研究室にあったおぞましい標本のことを、古戸さんと詳しく共有した。

「少し気になることがある」

脳だけの人間という事象にひとしきり興味を示したあと、古戸さんが言った。

「なんですか」

「宇宙虫たちが、わざわざ人間の拠点でそんなことをしていた理由はなんだろう」

「まあ、単純に生物学的な興味とか」

「彼らが地球生物を調査しにきた学者グループならそうだろう。でもウラシマ君が言ったことを思い出してみると、宇宙虫の主たる目的は鉱物資源の採掘だ。発覚の危険を冒してまで現地の生物を解剖して、サンプルを保管しておくのは変だよ」

「変って言っても、相手は宇宙人ですし……」

「思考の様式が違っても、生存の方策はそんなに変わらないはずだ。とにかく、宇宙虫たちははるばる地球まで鉱物を採掘しにやってきた。でも地球上にはもう人類がウジョウジョいるから、協力者を得て、匿《かくま》ってもらわないことには仕方がない。この星は太陽に近すぎ、空気が濃すぎ、水が多すぎる。我々は洞窟に隠れ潜むために宇宙を渡ってきたわけではない。僕が宇宙虫ならそんな不満を持つね。

あのウジョウジョいる人類はいかにも愚かだが、敵に回すと厄介そうだ。本気を出せば絶滅できるかもしれないが、戦いに割くリソースは膨大になるだろう。これは悩ましい」

古戸さんが少しエキサイトしてきたので、そっと距離を取る。

「貴重な頭脳や労働力を、ただの生物学的調査に費やすわけにはいかない。だからあの所業も、最終的には安全・快適な採掘作業に繋がる工作の一環なんだと思う。さて楠田さん。君がこんな状況に置かれたとして、どうやって人類を味方に引き込む？　自分たちより劣った文明を持つ現地生物を、どうやって手なずけようとする？」

尋ねられた私の脳裏には、小人の国に漂着したガリヴァーの姿が浮かんだ。あるいは特撮の変身ヒーローなんかも、作品によっては宇宙人という設定だったか。彼らの場合は巨大な体躯《たいく》で畏怖を勝ち得たが、宇宙虫の場合はなんだろうか。

想像はつく。それはきっと脳を取り出し、生かしておく不道徳な医療技術だ。

「宇宙虫は自分たちの技術を提供する代わりに、ミサト興業に匿ってもらってたんでしょうか？」

「うん。おそらく宇宙虫たちはそういう風に、可能な限り摩擦を避けるような策を取ってきたんだろう。もしかすると提供しているのは、技術じゃなくてその結果だけかもしれないけどね。なんにせよ彼らの技術は素人目で見ても驚異的だ。僕が権力者でそれを独占できるなら、山を半分買って税金払うぐらいは安いし、犯罪だって喜んで揉み消すかもしれない」

権力者という言葉を聞いて、私は今現在冒しているリスクの大きさを改めて意識した。遭遇した宇宙虫に農薬をぶっかけるぐらいならなんとかなるが、金や権力を持った人間が相手となると、どんなところから危険がやってくるか分からない。

「しかしまあ、全ての悪を滅するのは不可能だし、またその必要もない。落とし所としては、ウラシマ君を手伝って、コロニーを一つ壊滅……汚染？　するぐらいが関の山だろう。地球上にあるコロニーが一つとは限らないし、その点で言っても、完全に解決するのはどのみち難しい」

「それでいいんでしょうか……」

「僕らは警察官でも公安の調査官でもない一般市民で、ちょっと怪奇現象に興味があるだけだ。社会正義が気になるなら、色々終わったあとに匿名で通報すればいい。まあちょっかいをかけた結果として、長きにわたる因縁が生じるかもしれないけど」

釈然としない部分はあるが、古戸さんの言うことは基本的に正しい。宇宙虫たちがかなり前から人間社会に浸透しているのだとしたら、映画のようにぱっと絶滅させて解決、というわけにはいかないだろう。あとはにわかジャーナリストとして、分かる人には分かる記事を書く、というくらいか。

「とりあえず、できる範囲でやりましょう」

「その根性だけでも、本来は見上げたもんなんだよ。普通の人間は指先を切っただけでも大層ビビるからね」

褒められているようでもあり、揶揄《やゆ》されているようでもある。

その後、集落付近に到着するまでは大きなトラブルもなかった。しかし私たちが駐車場に向かいながら、昼は集落で食べようか麓で食べようかと話していたとき、停めてあったライトバン付近に、ポロシャツにスラックス姿の人影を発見した。その脇にいるのは、作業服の屈強そうな男二人。

「登山客じゃなさそうだね。車上荒らしかな」

「車上荒らしもあんな格好してないと思いますけど」

嫌な予感に私は足を止めかけたが、古戸さんは気にせず車の方へ歩いていってしまう。やむなくポケットに入れた唐辛子スプレーを確かめてから彼を追うと、ポロシャツの人物もこちらに気づいた。

作業服の二人はいかにもガラの悪い風貌をしていた。短く刈った髪、不精に伸びた顎鬚《あごひげ》、日に焼けた顔面に浮かぶ侮蔑の表情からは、隠しようもない悪意が見て取れる。

ポロシャツの方も男性だ。身長百八十センチ弱で細身。顔は青白く、こちらは普段から頭脳労働に従事しているのだろうと推測される。

しかし私の目を引いたのはその頭部だった。黒い大きなハットをかぶっているがその下に見える額や鼻は奇妙に肥大し、歪んでいる。必然それは顔面全体にも影響を及ぼし、笑みとも緊張ともつかない、不気味な表情を作り出していた。

「失礼ですが、これはあなた方の車ですか」

ポロシャツの男は私たちが乗ってきたライトバンを指しながら言った。

「まァそうですが、なにかありましたか。駐車料金は払ってますよ」

古戸さんがにやにやしながら答える。

「ここへは登山に？」

「その前に確認しときたいんですが、もしかしてミサト興業の人？」

男たちの目元がピクリと動いた。

「ええ。色々お調べになってるみたいですね」

「山のことかな。それともアナタたちのこと？」

「どちらもです。正直に言いますが、このところ非常に迷惑してるんですよ。わけの分からない噂ばかりで、ウチの若い者も気が立っててね」

「ミサト興業は土建屋さんですよねェ。人材派遣とか機材のリースとかもやってるのかな？　僕らが調べてる噂はあんまり関係ないはずなんですが。なんで若い人の気が立つんでしょうか」

「…………」

「危険な知識を秘密にしておくのが正しい場合もあるんだけど、君らの場合は現世的な利益を目論《もくろ》んでるだろうからね。そういうのは大抵ロクなことにはならないから、せいぜい引き際を心得ておくといいんじゃないかなあ」

「一体何を言っているんだ」

「隠すのが下手だね。秘密も地肌もさ」

「私たちを怒らせれば――」

「どうなるのかな？　脳を抜き取られるとか？」

そう言ってから、古戸さんは心底楽しそうに嗤った。喉の奥から発せられたその声は、低く絡みつくような、人間の心胆を寒くするような響きを伴っていた。男の青白い顔が一層色を失い、表情が醜く歪んだ。

肉体的な暴力をちらつかせている人間を相手にしてなお、古戸さんは余裕を崩さない。むしろそういう相手だからこそ煽りがいがある、と思っているかもしれない。彼の態度に怒りが閾値《いきち》を超えたのか、それとも話しても無駄だと諦めたのか、ポロシャツの男が傍らの二人に目配せした。

作業服の男たちが、私と古戸さんに近づいてくる。痛めつけて意志を挫《くじ》くつもりか。あるいは本当に、拉致して宇宙虫たちに供するつもりなのか。

屈強な男ならば、かつて道場で嫌というほど相手にした。私はこちらを掴もうと伸ばされた太い腕をすれ違うように躱しざま、ポケットから唐辛子スプレーを取り出した。つんのめりかけて向き直った男の顔面に、躊躇なくそれを吹きつける。

男の短い叫び声が、やがて情けない嗚咽《おえつ》に変わった。

近くでもう一つ、叫び声と悪態が聞こえた。私がそちらを振り返れば、作業服の袖を血で染めた男と、手になにかを持った古戸さんがいた。

それはあの研究所で目にした手術器具だった。クランクのようなものの先についた刃が、曇天に鈍く煌めいた。多分、それで男に切りつけたのだろう。

一矢報いたとはいえ、古戸さんの腕っぷしはまったく信用できない。私が腕を切られた男の方にもスプレーを噴射すると、十メートルの射程を持つ唐辛子の霧が、相手を一瞬で無力化した。

中々の首尾だ。刑法的にも正当防衛の範疇《はんちゅう》だろう。

私がポロシャツの男に目を向けると、彼は激しい憎悪の表情を浮かべてこちらを睨みつけていたが、既に攻撃の意思を失っているようだった。

多分ミサト興業の人間は、これまでも同じようなやり方で野次馬を追い払ってきたのだろう。宇宙人の噂などという曖昧なものを追ってきた人間に、元々大層な覚悟などあるわけもなく、少し脅してやれば二度と近づこうとは思わなかったはずだ。

しかし古戸さんの動機は、使命感や正義感とは似ても似つかない種類のものだ。容易に輪郭を掴むことはできないが、かといって簡単に揺らぐことはない。普通に生きていれば、あるいは普通を少し踏み外した程度では出遭わない、おおよそ理解しがたい、奇妙で名状しがたい動機。

しかしいつまでも相手が動揺していてくれるとは限らない。私はいい加減この場を離れようと、古戸さんの袖を引き、ライトバンへと乗り込んだ。

「目と鼻と喉が痛い」

唐辛子スプレーのとばっちりを受けて、古戸さんが掠れ声で呻いている。彼が変に煽ったせいで私まで襲われたのだ。当然の報いと言える。

運転席の窓から外を一瞥すると、まだこちらを睨んでいる男と目が合った。ハットの中身に入った脳には、歪《いびつ》な悪意が渦巻いていることだろう。襲われた腹いせに軽く轢《ひ》いてやろうかとも思ったが、実行するのはぐっとこらえる。

私は努めて男から目を逸らしつつ、駐車場を離れて麓へと向かった。

*

黒塗りの車が尾けてきたりはしないかと心配しながら、加狩山から国道のあたりまで戻ってくる。しかし交通量の少ない道路で尾行の発覚を恐れたのか、最近強くなった煽り運転への風当たりを考慮してのことなのか、少なくとも道中、ミサト興業による脅威を感じることはなかった。

ファミレスで昼食を摂りながら作戦会議。ハンバーグやポタージュなどでたっぷりとカロリーを補給したあとは、先日訪れたホームセンターで物資を買い足した。二、三日分の飲料と食料、部品と工具を少し、二酸化炭素のボンベをもう一つ、それからもちろん、宇宙虫に著効だった粉末の防カビ剤を大量に用意する。代金はやはり古戸さん持ち。

それらを車に積み込んだあと、私たちは加狩山の周りをぐるりと回り、集落を経由するのとは別の登山口を探した。

「今頃、集落は妙な空気になってるだろうねえ」

「地元の人はいい迷惑ですよ……」

ミサト興業に目をつけられてしまった以上、集落を拠点にし続けるのは危険が大きすぎる。ハットの男がなにをしてくるか分からないが、彼らが宇宙虫の存在を隠匿し、登山客の行方不明にも絡んでいるのは明白だ。国道付近に宿を確保するという選択肢もあるが、そうすると加狩山への移動に時間がかかりすぎるし、道具を準備するスペースを確保するのも難しい。山中でのキャンプは論じるまでもなく却下。

しかし都合のいい拠点の候補が一つだけある。ほかならぬウラシマの脱出艇だ。そこならばコロニーがあると思しき場所に近く、宇宙虫やミサト興業の人間に見つかりづらい。雨風が凌げるうえに空調まであり、騒音や臭いで周囲に迷惑をかけることもない。物資を運び込むのは大変だが、一度そうしてしまったあとは、比較的安全に使用できるはずだ。ウラシマには手狭な思いをさせることになるが、きっと嫌とは言わないだろう。

一旦拠点を整えたあとは、コロニーの場所を特定するための調査をおこなうことになる。古い鉱山の入口は鉄とコンクリートで封鎖されていたが、宇宙虫たちが廃鉱を利用しているのはほぼ間違いない。ならばそれほど遠くない場所に、比較的最近掘られた入口があるはずだ。

調査と並行して、薬剤を散布する道具の作製もおこなう計画となっていた。私は機械工作に関して完全に素人だが、古戸さんはそれもウラシマに頼るつもりらしい。宇宙飛行士ならば機械の整備ができて当然。簡単な工作程度は苦もなくこなせるだろう、という理屈だ。

しかしどのみち、整備士や修理工ほどの技術は必要ないように思えた。機能としては粉末を強力に、広範囲に散布できればいいわけで、それには高圧の二酸化炭素が充填された、緑のボンベが役に立つだろう。

私たちはナビゲーションを頼りに、加狩山の裏口とも言える登山口を見つけた。表側のそれよりも貧弱な道で、親切な案内の看板もなく、斜面は日当たりが悪いうえ、方向を考えると、登山中の風景にはどうしても高架が映り込む。観光客がこのルートを選ぶメリットは皆無に等しかった。

しかし可能な限り人目を憚りたい立場としては、種々の要素によって醸されている不人気がそのままメリットとなる。私たちは高荷重による膝へのダメージを気にしつつ、本日二度目の入山を果たした。

＊

私たちが最も慎重になったのは、尾根を越えるときだった。そこは山のどの地点からも見えやすく、そして人の通る登山道がある。観光客に不審がられるぐらいならまだいいが、殺気立ったミサト興業の人間と追いかけっこをするのは、あまりに望ましくない展開だ。捕まって連れ去られれば、悲惨な末路を辿ることになりかねない。

双眼鏡を買ってくればよかったなと思いつつ、私は尾根から南側の斜面を見下ろした。人影も宇宙虫の影もなし。

「よくよく考えれば、宇宙虫の動きは遅いし、力もそれほど強くはない。生きているにせよ死んでいるにせよ、行方不明になった人間を運んだのはミサト興業の連中だろうね」

「もし捕まったら、私たちも生きた脳の標本にされるんでしょうか」

「僕の身体も大層なもんじゃないけど、捨てるのはちょっと思い切りが必要だなあ。でも素敵な経験とやらはちょっと気になる」

「電源切られたら死ぬんですよ」

「それがネックだね。……このあたりだっけ？　いい加減到着？」

「ここからは下るだけなんで、もう少し頑張ってください」

「下るのは膝に悪いんだ。筋肉がないとなおさら」

きなこ牛乳で増強されたらしいとはいえ、所詮は平均以下の体力しか持たない古戸さんは、ぶつくさ言いながら最後の百メートルを進んだ。

脱出艇のあたりまでやってくると、なにかしらの方法で接近を感知したのだろう、ウラシマのドローンがふわふわと私たちを出迎えた。それに従ってハッチを探し、銀色のそれが開くのを見守る。これも近いうちに土と同じ色に塗るか、落ち葉を貼り付けるかして偽装した方がよさそうだ。

周囲を見張りながら、荷物を下ろす。手伝ってくれたウラシマは既に翻訳機を装着していたが、その口数は極端に少なかった。

移動と作業ですっかり消耗した私たちは、またわがままを言って室温を下げてもらい、湯を沸かしてお茶を淹れた。ウラシマが興味を持ったのでコップを渡すと、不器用にこぼしながらずるずると半分啜り、シロップらしきものを入れて残りも飲んだ。

『さっきは取り乱してすまなかった』

ウラシマはコップを置いてから、ぽつりと言った。研究所で見たもののことを話そうとしているのだと分かった。部屋の中央には白い丸テーブルがあったものの、付属しているベンチが人類の尻と致命的に相性が悪かったので、私と古戸さんは床に腰を下ろし、ベンチに座るウラシマを見上げるような格好になっていた。

『ユウコは、あの部屋にあったものを見ていたね』

「ええ」

『宇宙虫が生きた犠牲者から脳を摘出し、それを保管するというのは、おそらく私たちの星でもおこなわれていたんだろうと思う。発見者か、報告を受けた者の善意で隠されていただけで。私はあの脳の持ち主と対話した。残酷なことに、正気を保っていたよ』

「彼はどこから持ってこら……やってきたんでしょうか」

『植民星だと言っていた。私たちが乗っていたさきぶれ丸とは別の船が、新天地を見つけることに成功していたんだ』

「それじゃあ――」

『既に壊滅したそうだ。宇宙虫の攻勢によって』

重苦しい沈黙が降りた。ウラシマの種族は一度ならず、二度までも絶滅の縁に追いやられたのだ。

『彼は死にたがっていたし、長く話すことはできなかった。それでも重要なことを教えてくれた。山の地図はあるかな』

私はウラシマと哀れな同族の間に交わされた言葉を想像した。実際にウラシマは装置の電源を切り、同族を死なせたのだろうか。

古戸さんが荷物の中から折り目のついたパンフレットを見つけ出し、テーブルの上に広げた。全員でそれを覗き込む。

『ミサト興業の私有地はどのあたりだろう』

「このあたりです。集落がここで、脱出艇が多分このあたり」

あまり詳細な地図ではないので、私は大雑把に位置関係を伝えた。

『前に見つけた廃鉱の入口はこのあたりだったね。アレは塞がれてしまっていたが、今も使われている出入口が、少し離れた地点にあるようだ。宇宙虫たちはその場所から廃鉱と外を行き来しているらしい。おそらくは一ヵ所に固まって、ある大型の個体を中心に生活している』

「女王アリみたいなものですか？」

普通の個体でもあの恐ろしさだ。女王のような個体がいるとしたら、果たしてどれほどおぞましい姿をしているのだろう。暗い坑道の中、でっぷりと肥った甲殻の腹を蠢かせ、多数の宇宙虫にかしずかれながら横たわる女王の姿を想像して、私はぶるりと身を震わせた。

『確かに、アリという生物とは多くの共通点がある。私も生物学をかじったことがあるから、宇宙虫たちの生態についても少しは知っている。ヤツらもアリという生物と同じく、個を犠牲にして集団の利益にかなうような行動を取ることがある。

高い知能や技術とそれを両立していることに不可解な部分はあるが、どうやら大型の個体と、その支配下にある集団の間で、なにかしらの意思が共有されているようだ。君たちの言葉だと、テレパシーが近いかな』

「女王を殺せば、コロニーはなくなりますかね？」

『少なくとも、今いる集団を壊滅させることはできる。問題は女王にどうやって近づくかだ』

「いや、内部構造にもよるけど、わざわざ危険を冒して相対する必要はない」

古戸さんが口を挟み、運び込んだ荷物を床に広げはじめる。

「防カビ剤の効き目を見るに、一匹あたり数グラムもあれば十分だ。粉状なら、広範囲にばらまくのも難しくない。閉鎖空間なら逃げ場もないしね。できるだけ強力な散布装置を作ろう」

そして私たちは事前に立てていた計画をウラシマに伝え、協力を求めた。

『もちろん、この場所は自由に――核融合炉さえいじらなければ――使ってもらって構わない』

コロニーの出入口を探すのには、ウラシマのドローンを利用することにした。攻撃や扉の開閉能力はないが、場所を確かめるだけならばこちらの方が便利だ。疲労や捕捉の危険を考えなくていいのは、随分と気が楽だった。

『私もこの任務がまっとうできるよう、可能な限り力を尽くそう。……彼にもそう約束した』

ウラシマはそう呟いたのを最後に黙り込み、それから長い間、目の前のコップを見つめたままなにも言わなかった。

＊

日没まではまだ三時間以上あったが、明日以降に交代で調査できるよう、今日はドローンの操縦方法を習うだけにした。操縦に使うのはボウリング球ほどの柔らかい物体。そこに開いた四つの穴に指を突っ込み、微妙な力加減で機体をコントロールする。その独特な操作感に慣れるのには多少苦労したものの、かなりの部分が自動制御になっているのと、昆虫族より人類の方が器用なので、見た目の印象よりは難しくなかった。私と古戸さんは二時間程度の練習を経て、なんとか墜落しないだけの飛行技術を身につけることができた。

その過程で判明したのは、ミサト興業の人間と思しき存在が山中をうろついているということだった。私たちを捜しているのか。それともこの脱出艇を捜しているのか。不安はあるが、今のところは監視に留まっているようだったので、ひとまずは積極的な対処をせず様子を見よう、ということになった。

日が暮れたあとには、防カビ剤を散布する装置の設計に取りかかった。ただしこれに関して、私はほとんど役に立たなかった。古戸さんとウラシマが中心となって、今あるもので広範囲に粉末を散布できるような仕組みを考える。脱出艇にある機器や部品もいくつか流用できそうだった。

午前に山の横断と研究所の探索、午後に大荷物での登山、夕方にドローンの操縦。体力には自信がある私もさすがに疲労困憊《ひろうこんぱい》で、もはや集中を保つのさえ難しくなってきていた。午後七時に簡単な食事を済ませたあと、荷物を枕代わりにして横になっているうちに、ついぐっすりと眠り込んでしまった。

次に私が目を覚ましたのは、真夜中に近い時間帯だったように思う。いつのまにか照明は落とされ、空間の中央あたりにだけ小さな光が灯《とも》っていた。ウラシマはテーブルにつき、こちらに背を向けて、なにか書き物をしているように見えた。

私が身じろぎする気配を感じたのか、ウラシマはこちらを振り返り、傍らの翻訳機を装着した。

『寝苦しい？　室温をもう少し下げた方がいいかな』

「いえ、このくらいで大丈夫です。ウラシマさんはまだ寝なくていいんですか。何時間睡眠が普通なのか分かりませんけど」

『多分、君たちの平均よりは少ないんじゃないか。でも、そろそろ休もうと思ってたところだ。これを書いたらね』

「記録ですか」

『そんなところだね。せっかくだから、ウラシマという字の書き方を教えてくれないか』

請われた私はのっそりと立ち上がり、テーブルの上に置いてあった灰色のシートを見下ろした。地球の紙にあたるものだろうが、非常に薄く、光沢があり、丈夫そうだった。そこには鮮やかな青い線が、複雑に絡み合いながら右から左、折り返してまた右へと流れている。ペンのようなものはない。聞けば昆虫族が自ら筆記するときは、塗料に直接指先を浸し、四本ある指のうち三本を同時に動かして文章を書くのだという。

私は小皿に入った塗料に指の先を浸し、灰色のシートに〝浦島〟の字を書いて見せた。青い塗料には不思議な滑らかさがあり、字を全て書ききるまで掠れることもなかった。

『ありがとう』

ウラシマは私が書いたものと自分の指先を注意深く見比べながら、シートの末尾に不格好な二文字を加えた。

『待っている間にも、色々な媒体の資料を調べたよ。この星のこと、人々のこと』

私は床に腰を下ろし、ウラシマが静かに話すのを聞く。目線の先では、古戸さんが尻を出して眠りこけていた。以前も同じような姿を見た気がする。どんな寝方をしたら尻が出るのだろう。

「人類のことはどう思います？　粗暴な種族だと思いますか」

　四本の手先がわきわきと動いた。ジェスチャーの意味は分からない。

『君たちは非常に個性的な種族だ。全体として特異というよりも、それぞれが非常に違っているという点でね。強い者、弱い者、献身的な者、利己的な者、寛容な者、排他的な者、冒険的な者、保守的な者。私が知る——宇宙虫も含めて——どんな生物よりも多様な生きざまを持っている。粗暴であるかどうかはなんとも言えない。それは星の外から来た誰かが正しく評価できるようなものではない』

　ウラシマはそう言ってから、不思議な身振りを繰り返した。古戸さんが相対性理論に言及したときと同じような動きだった。

「私と古戸さんのことはどう見えます？」

『とてもユニークだ。危険や未知に立ち向かう勇気は、ほかの個体にないものを持っていると思う。今、私みたいな奇妙な存在とこの場所にいることがその証明だ』

「確かに初対面は驚きましたけど、今は別に奇妙とは思わないですよ。言葉も通じますし。ああ、宇宙にも私たちと同じような存在がいるんだなって」

『そう捉えられること自体が、きっと特別なんだよ』

「正直なところ、私はユニークであることが無条件にいいとは思えません。自分が普通じゃない人間で、ときどき狂ってるんじゃないかと感じることもあって、嫌な気持ちになります」

『人類の狂気についてはよく分からない。しかし私の意見を言うのなら、人類が必要に迫られてその性質を身につけたように、君も自分が生きていくのに必要なものとして、色々なものを身につけた、と考えることもできるんじゃないだろうか。もし君が、君の言う普通の人間だったとしたら、今以上にもっと苦しい場面があったんじゃないだろうか』

「どうですかね……」

その言葉にすぐさま感化されるほど私は純真でなかったが、彼方からやってきた知性に対する敬意が、軽率な反論を躊躇わせた。この昆虫族はとにかく善良で、献身的で、希望に満ちている。ウラシマの口振りからするに、種族全体もおおむねそうなのだろう。だからこそ邪悪で狡猾な宇宙虫に、致命的なおくれをとってしまったのかもしれないが。

『さて、私もそろそろ休むよ。君も休むといい』

「おやすみなさい」

明日はまた朝から動くことになるだろう。私は痛む脚の筋肉を少し揉んでから、空間の端で丸くなった。眠りに落ちるまでの短い間、頭の中をウラシマの言葉がぐるぐると回っていた。

＊

翌日は未明から小雨《こさめ》が降っていた。ウラシマが傍受した——スマホは既にバッテリー切れだった——ラジオの天気予報によると、明日はもっと強い雨になるらしい。あまり気候が荒れるとドローンを飛ばせないので、私たちは朝のかなり早い時間帯から作業を開始した。

球状のコントローラーに指を突っ込み、ドローンを発進させる。私の目前にある立体映像装置が、雨と霧に煙る加狩山の景色を、本物さながらに映し出した。

宇宙虫は梢《こずえ》の上を飛ばないだろうし、人に見られてもドローンならばさほど不審に思われない。目的地までの心配があるとすれば、せいぜい好奇心旺盛なカラスぐらいのものだ。

強い風に影響されないよう、高度二十メートルから三十メートルの間を維持しつつ、ドローンを東へ向かわせる。撮影装置を巡らせれば、麓の街や、さらに遠く都市の景色も見えた。三百六十度、上下左右に自由な視界。晴天ならさぞ気持ちのいいことだろう。

山の東側までは慎重に飛んでも十五分程度だったが、隠されているであろうコロニーの入口を見つけるのは、当然ながら困難な作業だった。高度を落として木々の間をすり抜け、操縦を交代しながら、広い範囲の地面を舐めるように探していく。ドローンの稼働時間はかなり長いとのことだったので、何度か休憩を挟み、たっぷり数時間を地道な捜索に費やした。

ウラシマの同胞は脳だけの状態になり、精神もすり切れる寸前だったようだが、コロニーのおおまかな場所を把握していた。その哀れな犠牲者が語った情報をもとに捜索を続けていたところ、やがて不自然な倒木と、陰に隠れていた地下への入口が見つかった。

「天然の洞窟じゃあなさそうだ」

ドローンを操縦していた古戸さんが、捜索に飽きてブラブラしていた私とウラシマを呼んだ。

「当たり前だけど中は真っ暗……。このドローン、ライトとかあるの？」

「つけたら見つかっちゃうんじゃないですか」

「宇宙虫に見つかるなら、そこがコロニーってことだ。そしてヤツらは光に弱い、つまり暗闇に慣れてる。こっちが勝手に暗くしたところで、見つかるかどうかにはあんまり関係ないと思うよ」

『念のため、暗視モードを使おう』

古戸さんと操縦を交代したウラシマは、ドローンをゆっくりと洞窟に侵入させた。暗視モードへの移行と同時に立体映像は色あせたが、周囲の輪郭を判別するのに不便はなかった。

縦横四メートルはありそうな広い洞窟。古戸さんの言うとおり、間違いなく掘削によって作られたものだ。

少し進むと、石の壁になにやら奇妙なものが見えた。闇の中、ぼんやりとした光を放っている。

「これ、なんです？　照明？」

『キノコだ。宇宙虫の食べ物だよ。どこかで栽培しているものの胞子が、入口近くまで飛んできたんだろう』

形だけ見れば、それはキノコというよりもヒトデに近かった。放射状に伸ばした菌糸で、壁にへばりつく、ひどく気味の悪い物体だった。宇宙虫の駆除はもちろんだが、このキノコにも是非絶滅してもらいたい。

ウラシマはドローンを先に進める。はじめ洞窟はカーブを描きながらゆるやかに下り、二百メートルほどで操業時のものらしい坑道に合流した。上には鉄とコンクリートの蓋があり、下には深い立坑《たてこう》が口を開けている。暗視装置をもってしても、最奥を見通せない無明の深淵。

「大して入り組んではいなかったね。それほどダイナミックに拡張されてるわけじゃないのかな」

『鉱物の採掘よりも、地上での工作がメインだったのかもしれない』

ドローンは撮影装置を下に向けたまま、ゆっくりと立坑を降りていく。ビジターセンターの展示によれば、深さは二百メートルだったか、三百メートルだったか。さすがにロープで下っていくわけにはいかない距離だ。

奥へと進むにつれ、幽光を放つキノコに侵された面積も増えていく。

「ウラシマさん、音を」

集音装置の感度を上げてもらうと、ごく小さな羽音のようなものが聞こえた。一つや二つではない、非常に多くの羽ばたきが、ホワイトノイズに似た音を響かせている。

深い深い立坑の底。かつて多くの労働者が働いた加狩山の中心部は、今や忌まわしいコロニーの中心部になっていた。暗視装置が数十メートル先に捉えたのは、空間にひしめき、蠢く無数の宇宙虫だった。

映像の彩度は低く、グロテスクさは幾分か薄められていたが、それでも嫌悪と恐怖は抑えようもない。私の口からは、頭の奥から染み出してきたような低い呻き声が漏れた。

ウラシマの反応も似たようなものだった。古戸さんだけが身を乗り出し、ホログラムをしげしげと眺めていた。

「随分集まってるね。今日は祝日だったりするのかな」

『そういう概念があると聞いたことはないな』

「彼らが意識や感覚を共有してるなら、こうやって密集してると落ち着くのかもしれな――」

ホログラムの中で閃光《せんこう》が迸《ほとばし》り、耳に刺さるような雷鳴が、機械的なノイズとともに響いた。映像が大きく乱れ、一瞬あとにブラックアウトする。私はその直前、群の中心に大きなものを見た気がした。宇宙虫と同じ輪郭を持ちながら、数十倍もの体躯を持つ女王の姿。

『……撃墜された』

「けど、目的は見事に達成だ」

古戸さんは嬉しそうに言った。

「あんなところに、どうやって防カビ剤を届かせるんですか」

「アリの巣みたいに分散してないから、むしろ楽だと思うよ。効率のよさそうな方法は、これから考えよう」

＊

時刻は正午過ぎ。私たちは大量の宇宙虫目撃で動揺した神経を、温かいコーヒーと甘いクッキーで癒《いや》していた。屋外では小雨が降り続いているようだ。

「構造はあんまり複雑じゃない方がいい。いざというときに働かないと困る」

休憩を挟んだ私たちは、いよいよ散布装置の設計に取りかかった。資材の追加が必要かとも思ったが、コロニーの構造上、今あるもので事足りそうとのことだった。

私は古戸さんとウラシマに言われるまま、長い時間作業を手伝った。高圧ボンベの安全弁に細工し、衝撃を与えるとガスが噴き出すようにする。その先に容器を取りつけ、防カビ剤を充塡する。さらに小さなパラシュートを取りつけて、落下の方向を調整することにした。

言葉にするだけなら簡単だが、形にするとなると話は違う。派手に失敗すれば材料を麓まで買いに行かなければならないし、下手すれば脱出艇を汚染しかねない。

ウラシマが機械の知識を、古戸さんが手先の器用さを、そして私がもっぱら根気とパワーを生かし、慎重に作業を進めること数時間。ようやく二台の散布装置が完成した。それぞれの重さは八キロ強で、個人でも十分に運べる重さに収まった。

「ほとんど石器みたいな装置だけど、まあこんなもんだろう」

「さすがにそこまで原始的じゃないと思います。それに……」

「それに？」

「石器でも相手を殺せますから」

私が言うと、古戸さんはにやりとした。

「いいぞ。気持ちが高まってきたと見えるね」

『しかし宇宙虫は、君たちがかつて石器で狩っていた生物より賢い。気は抜けないな』

作業の疲労と達成感で若干ハイテンションになった私たちは、蒸留水とコーヒーで祝杯を挙げ、装置の周りを無意味にぐるぐる回っては、その出来具合を確かめた。しかしそれはおそらく、これから立ち向かわなければならないものに対する、決して小さくはない不安の裏返しだったのだろう。暗いコロニーで見た巨体のシルエットは、まだ私の脳裏に強く焼きついていた。

明日は朝から強い雨が降る。宇宙虫たちは屋外での活動を控えるだろう。ミサト興業が警戒を強めるなか、この機を逃せば次はない。

早くからの行動に備えて寝入る前、私は荷物を枕に横たわりながら、ウラシマのゴツゴツした背中を眺めていた。加狩山の宇宙虫が片づいたら、ウラシマはどうするつもりなのだろうか。脱出艇では遠くまで行けず、同族の仲間もいない。植民に成功したらしい星も、宇宙虫によって滅ぼされてしまった。

ウラシマが今後のことを考えていないはずはないが、私にそれを尋ねてみる勇気はなかった。どこかすっきりとしない気持ちを抱えたまま、疲れた頭で眠りについた。

その晩に私が見たのは、散布装置を忘れてコロニーまで歩いていき、不格好に右半身を膨張させた古戸さんで、みっちりと立坑を塞ぐ夢だった。

嫌な気持ちとともに目が覚める。シュールな情景の余韻を振り払い、顔をこすりながら身を起こす。散布装置は作った状態のままでそこにあり、古戸さんも大人しく寝息を立てていた。時刻はまもなく午前五時。気分や夢見とは裏腹に、思いのほか深く眠ったようだ。そろそろ起床して、準備を整えはじめた方がいいだろう。

ウラシマは薄いマットレスの上で仰向けになっていた。その姿はどことなく死んだセミを彷彿とさせたが、私が近づくとすぐに覚醒し、ごろりと転がって身を起こした。ヴンヴンと挨拶らしき音を発したあと、手近にあった翻訳機を装着する。

『調子はどうかな』

「まあまあです」

『そろそろトキヒサも起こそうか』

変わり果てた同胞と遭遇したときを除いて、ウラシマはこれまで一度も取り乱したりふさぎ込んだりはしなかったし、恐ろしい出来事が迫っている今このときも、その落ち着いた態度は一貫していた。ウラシマが心強い味方であり続けてくれることに対して、私はどんな返礼もできそうにはないが、せめてその滞在が意味あるものになるよう、できる限りのことをやるつもりだった。

天候は予報どおりの雨。私たちは登山用のレインウェアを着込み、必要最低限の荷物をまとめた。防カビ剤の散布装置にはビニールをかけ、万が一にも濡れないようにする。一台が私、もう一台が古戸さんの受け持ちだ。

山歩きに備えて十分な量の朝食を摂り、私たちはいよいよコロニーへと向かうべく、快適な脱出艇を出発した。

＊

昨日からの雨は土の地面に泥濘《ぬかるみ》を作り、道なき道をさらに危険なものとしていた。樹冠から落ちる水滴は容赦なく体温を奪い、私たちの気分と衣服を重くした。しかしそれらの困難がほかの危険を防いでくれたようで、道中ではミサト興業の人間にも、宇宙虫にも遭遇しなかった。

百時間も歩いているような気分になりながら、登山道を横切り、フェンスを乗り越え、行動食を口に詰め込み、朽ちかけたトロッコの軌道を辿る。ドローンが撃墜されたとき、正確な座標を記録しているわけではなかったが、私たちは運よくそれほど時間をかけず、特徴的な倒木と、その陰に口を開けた不自然な穴を見つけることができた。

暗いコロニーの内部からは、不浄としか言いようのない臭いが漂ってきている。これは装置越しに見ている映像ではなく、生身で相対している危険なのだと、嗅覚が執拗に訴えてきているような気がした。

「なにか聞こえる？」

「うーん……」

私は耳を澄ませたが、絶えず降り注ぐ雨粒の音で、気配の察知は困難だった。

『ともかく、行ってみよう。宇宙虫どもに外出するつもりがないなら、少なくとも入口近くは安全なはずだ』

登山用のナイロンロープを近くの木に結びつけ、二メートル下の地面まで、互いに手を貸しながら慎重に降りる。ドローンの映像では、ここから立坑まで緩やかなスロープになっていた。途中に大きな割れ目でもない限り、辿り着くのは難しくないだろう。

入口付近は吹き込む雨によって多少ぬかるんでいたが、少し進めば地面は乾き、平坦《へいたん》で歩きやすくなっていた。先に進むという点だけで言えば、これまでの道のりより随分と快適だ。

代わりに私を苛んだのは、徐々に濃度を増していく悪臭だった。少し進むと、それが光るキノコから発生しているのだということが分かった。私たちは念のため照明を消し、姿勢を低くしてキノコの光を頼りにしていたので、気味の悪いそれには嫌でも近づかなければいけなかった。洞窟の壁にへばりつき、汚らしく淀んだ薄紫や、爛れた薄ピンク色で光るキノコを眼前にしたときなど、私は反射的に顔を背けてえずきかけたほどだ。

濡れたレインウェアの袖で口と鼻を覆い、足元を確かめながらゆっくりと進む。異様な空間にあって距離の感覚は定かでなかったが、立坑まではおそらく十分もかからなかっただろう。

地の底から吹き上がってくる風と、強さを増した鼻を突く悪臭とで、私たちは立坑に辿り着いたことを知った。宇宙虫の影に怯えつつも、散布装置を背中から降ろす。

古戸さんは石器同然だと言ったが、この装置にはそれなりの工夫が施されている。装置のある部分をいじると、脱出艇の機関部から取り出した腐食性の液体が、安全弁を溶かすようになっているのだ。ウラシマの計算が正しければ、圧縮された二酸化炭素と防カビ剤が噴出するまで八秒から十秒。パラシュートによる減速も考慮すると、大体百五十メートルから二百メートル落下したあたりで、防カビ剤が散布される。

あとは降り注ぐ数キロの粉末が、宇宙虫たちの頭部を溶かすという仕組みだ。改めて考えると恐ろしい所業だが、同情したからといって交渉の可能性が開けるわけでもない。

『二人がやってくれ』

いよいよ装置を落とすという段になって、ウラシマが言った。

「いいんですか。仲間の敵討ちをしなくて」

ウラシマは四本の手先をわきわきと動かした。

『ここは君たちの星だ。君たちの手で解決する方がいい』

仕掛けを操作して装置を落とすのに、特別な技術や手順は必要ない。ウラシマの言葉を受けた私は、責任とともに装置を預けられ、ずっしりとしたそれを立坑の縁まで運んでいった。

「果たして彼らは先乗りの精鋭部隊か、左遷された非正規社員か。異星人に殺されるのは名誉か、それとも無念か」

「現場を経験させせられてる若手かもしれませんね」

「しかし悲しいかな、我々は同情するほど宇宙虫を知らない。ウラシマ君は交渉がうまくいかなかったと言うが、人類が持つ邪心とは、あるいは通ずる部分があるのかも……」

「下らないこと言ってないで、早いとこ落としますよ」

「そうしよう」

私は古戸さんと息を合わせ、ボンベの安全弁に取りつけた仕掛けを操作してから、散布装置を放り投げた。ナイロンの小さなパラシュートが開き、はためきながら闇の中に消えていく。あとはタイミングよくガスが噴出し、防カビ剤が広範囲に撒き散らされる造りになっている。果たしてうまく作動するだろうか。
四、五、六、と心の中で秒数をカウントする。七、八、九、十。まもなく死の粉末が降り注ぎ、立坑の底で阿鼻《あび》叫喚《きょうかん》の地獄が現出する――
身の安全と精神衛生を考えて、私は速やかにその場を立ち去るつもりだった。数十数百の宇宙虫が発する死の狂乱が聞こえないよう、耳を塞いで後ずさった。

しかしキノコの光にぼんやりと姿を浮かび上がらせた古戸さんは、まだ穴の縁に立ち、怪訝な顔で下を覗き込んでいる。

「なにしてるんですか、早く――」

古戸さんは私の呼びかけを制した。その妙な様子に、私は思わず耳から手を外した。サアァァァ、という小さな無数の羽音が、悪臭に乗って地底から湧き上がっている。頭を溶かされた宇宙虫たちが羽をねじれさせ、五対の肢を強張らせ、衝突し、折り重なりながら死んでいく音だ。

しかし立坑からは別の音も聞こえた。おそらく古戸さんが注意を向けているのも同じ理由からだろう。弱まっていく羽音の代わりに、太く激しい噴出音が急速に迫ってきていた。

「この音、なんだろうね？」

数秒後に起こることを予想した私は、まずウラシマに急いで外に向かうよう叫んだ。次いで古戸さんの襟首を摑んで穴の縁から下がらせ、その尻を蹴って脱出を促す。

散布装置を落としたら、すぐに逃げるべきだった。失った数秒はあまりに大きい。

その存在がいよいよ穴の縁から姿を現したのは、私たちが立坑から離れ、元来たスロープを登りはじめたときだった。

恐怖に駆られて振り返れば、そこには全長五、六メートルの巨大な影が、キノコの放つ幽光に浮かび上がっていた。シルエットはほかの宇宙虫と似ているが、醜く垂れ下がったまだら模様の腹部は、通常考えられるバランスの何倍も膨満しているように見えた。全身は苦痛のためか激しく蠕動《ぜんどう》しており、全身の孔《あな》からねばつく液体を流している。

その汚らわしい体軀は、幾重にも巻かれたベルトのような装置によって推進力を得ていた。今も響く轟音《ごうおん》は、金属製の装置が放つジェット噴射のものだ。

しかしなにより恐怖を搔き立てるのは、女王の叫び声だった。正確には声でなく、粘液とともに体孔から漏れ出る音だ。薄布を引き裂くような、トタン板をひっかくような響きが、狂気を招く笛のように鳴り渡っている。

女王が瀕死《ひんし》なのは間違いない。しかし完全に動けなくなるまでの間に追いつかれれば、その巨大な鋭い五対の肢が私たちをズタズタにするだろう。

今更防カビ剤を投げつけたところであまり意味があるとは思えない。やることは一つだ。

「走って！」

私が言うまでもなく、古戸さんとウラシマはそうしていた。今まで消していたヘッドライトを点灯させ、小石に足を取られないよう、二百メートル先の出口へ大急ぎで向かう。

天井は十分に高く、私たちが頭をぶつける心配はない。女王にとっては狭く、背後からはガリガリと、壁で甲殻の剝げる音が聞こえてきた。

しかし止まらない。もし宇宙虫に憎しみという感情があるのならば、今はそれが苦痛を上回っているのだろう。推進装置の補助を受け、五対の肢で土壁を掻きながら、溶解しかけた頭部をこちらに向け、トンネルを走る列車のように進んでくる。

残り百メートル。古戸さんはまだいいが、ウラシマの走りがあまりに遅い。私は辛うじて恐怖を御しつつ、女王の軟らかそうな頭部に石を投げつけながら、少しでも速度を落とせないかと試みる。よろけた古戸さんの顔から眼鏡が外れ、女王の身体で無残に圧し潰された。

あと五十メートル。伸ばされたハサミをなんとか躱してから、私は脚に力を込めて、ウラシマと古戸さんを追い越し、地上へと繫がるナイロンロープに手をかけた。

のんびりとたぐっている暇はない。岩の突き出た壁に足をかけ、力任せに洞窟から這い出る。

「古戸さん！　摑まって！」

私は片手にロープを巻いて支えとし、空いた方の手を洞窟の中に伸ばした。行きの様子からすると、手助けなしなら二人が昇りきるのには何分もかかってしまう。

まずは追いついてきた古戸さん。やはりきなこ牛乳では体力増強に限界があるらしく、二百メートルの疾走を経て息も絶え絶えだ。

「やっぱり……ハァ……プロテインを飲むか……」

「口はいいから身体を動かして！」

「もう少し労《いたわ》ってくれ。これでも頑張ってるんだから」

次は十秒遅れて追いついてきたウラシマを引き上げる。四本の指が私の手首を掴み、私の手が固い腕を掴む。古戸さんも微力ながら手を貸して、なんとか三人で洞窟を脱出することができた。

『すまない』

暗がりの奥からは、切り裂くような断末魔の絶叫が近づいてくる。しかし屋外に出てしまえば、逃走は随分楽になるはずだ。雨と木々が瀕死の女王を阻んでくれる。

「お前ら、こんなところに……！」

そのとき、少し離れた場所から誰かの怒声が聞こえた。振り返れば、そこにはかつて加狩集落で攻撃をしかけてきたポロシャツの男がいた。ただし今は私たちと同じくレインウェアに身を包み、頭をフードで覆っている。傍らには別の男が一人。これも集落で見た覚えのある顔だ。二人とも、手に拳銃——ではなく、宇宙虫たちが持っていたような、木片に似た武器を握り、憤怒《ふんぬ》の形相で駆け寄ってくる。

よくない状況だ。二人とはいえ、飛び道具相手は分が悪い。

しかし状況は逡巡《しゅんじゅん》を許さなかった。洞窟から女王が現れる。ジェットと悲鳴の混じり合った狂気の音を響かせながら、もはや狭い空間に邪魔されることなく、巨体が勢いよく飛び出した。

場の全員が女王を見上げた。もはや肉体は原形を留めておらず、雨天とはいえ明るい屋外がその姿を詳《つまび》らかにすると、ミサト興業の男たちからも、動揺したような呻き声が漏れた。

しかし女王の生命活動もそれまでだった。降り注ぐ水滴、全身の損傷、推進装置のエネルギー切れ。どれが決定的だったのかは分からない。とにかく、一度数メートルの高さまで浮かび上がった女王はすぐに勢いを失い、宇宙虫たちが常々忌まわしく思っていたであろう、地球の重力に引かれて落下してきた。

私はウラシマを突き飛ばし、自らも濡れた地面に身を投げる。女王がすぐ傍に墜落し、割れた甲殻と中身の肉片を撒き散らした。

轟音と振動が収まってから少しの間、動くものはなにもなかった。私が口に入った泥を吐き出して身を起こすと、古戸さんやウラシマはまだ地面に転がりつつ、荒い息を吐きながら、疲労と安堵でぐったりしているところだった。

ミサト興業の男たちはどうなった？　私は彼らがいたところに目を遣った。そこはまさに女王が落ちてきた地点で、一人の男は巨大なハサミで胸のあたりから身体を両断されており、もう一人はほとんど完全に下敷きとなっていた。垣間《かいまみ》見える肥大した頭部からはおびただしい量の血と脳漿《のうしょう》が漏れ出し、女王だったものの断片と混じり合っていた。

ひどい吐き気がする。今目にしたもののせいか、疲労のせいかは分からない。あるいは、地下の不浄な空気に長く晒されたからかもしれない。

しかしなんにせよ、全ては終わったのだ。コロニーは破壊され、女王は死んだ。この世界から宇宙虫が完全に根絶されたとは思えないが、私たちがやれることはやり尽くしたはずだ。あとは雨が全てを洗い流すだろう。女王の身体も、私たちがここにいた証拠も。ロープだけ忘れずに回収しておけばいい。

「疲れた……。しょっぱいものと甘いものを交互に食べたい」

古戸さんが座ったまま、空を見上げている。私はウラシマに手を貸し、立ち上がらせた。顔面もポンチョも泥にまみれ、無残な姿になっている。

「大丈夫ですか」

『多分、大丈夫だ』

大きな怪我はしていないようだが、翻訳機の音声にノイズが混じっている。機械に泥が入ってしまったのかもしれない。

『ありがとう……最後の最後まで。ユウコ、トキヒサ。君たちがいなければなにもできなかった』

「正直に言うと、かなり大変でしたけど」

私は崩壊をはじめた女王の死骸を一瞥した。

「それでも、よかったと思います。その……」

『なにかな？』

「ウラシマさんは、これからどうするつもりですか」

『私も、色々考えたんだけど……。君たちとはここで別れよう。私はまだ、地球人と接触しないことにする。脱出艇に戻り、そこで休眠に入ることにするよ』

「それじゃあ――」

ウラシマは汚れたポンチョの下で、手をわきわきと動かした。

『希望はある。植民は少なくとも一回成功したんだ。もしかすると千年か一万年、あるいはもっと早くに、迎えが――かもしれないな。そのとき、私は地球人と最初に知り合った――――て、君たちの子孫と、私たちの仲――の友好に力を貸そう』

翻訳機のノイズがひどくなってきた。言葉も途切れ途切れになる。ウラシマはどこからか灰色のシートを取り出して、私に手渡した。

それはいつかウラシマが脱出艇の中で書いていた文章だった。光沢のある表面は雨粒を弾き、最下部にある〝浦島〟の署名には滲みもない。

『これはメッセージだ。君たちの――と、わ――の仲間に宛てた――。もし君たちの文明が、今後一万年の間、温かい文明の光を――いられたならば、彼らはきっ――こに書いてある――の意味を知るだろう』

私はその手紙を受け取り、レインウェアのポケットにしまった。内容はもちろん気になったが、さすがにあえて聞くような野暮はしなかった。

『さ――――異星――――よ』

それを最後に、翻訳機はブツンと音を立てて沈黙した。しかしウラシマの方でも、伝えるべきことは伝えたと感じたようで、そのまま踵を返し、森の中へと分け入っていった。

「……さようなら」

別れの言葉を、機械は訳さなかったかもしれない。しかし意味は確かに伝わったはずだ。

「楠田さん、僕の眼鏡知らない？」

いつのまにか、傍らに古戸さんが立っていた。私はデリカシーのない言動を叱りかけて、彼も中々の功労者なのだと思い直した。

「眼鏡は、洞窟で潰れました」

「マジか……」

「ウラシマさんの仲間、迎えに来てくれますかね」

私は言った。

「それは僕らには分からないことだし、努力してどうなるもんでもない」

古戸さんの言うとおりだ。個人の力で宇宙人を呼び寄せることはできないし、種と文明の行く末をどうこうすることもできない。

しかし、為すことが全て無意味というわけでもない。私は脱出艇で夜を明かしたとき、ウラシマに言われたことを思い出した。

私がもし普通であったなら、果たしてこの結果が得られただろうか。

今後も必要があれば、私は余人が躊躇うような領域に足を踏み入れ、名状しがたい行為に手を染めるだろう。それが狂気に至るのだとしても、背後にもはや道はなく、ほかに標《しるべ》もないのだから。

「とりあえず集落でお風呂入ろう。このままだと低体温症で死にかねない」

道連れがいるのは、せめてもの救いだろうか。いや、そもそも彼が私を引き込んだのではなかったか?

そんな想念も、やがては寒さと空腹と疲労に塗り潰された。精神を労るのも大事だが、今回は肉体も相当に酷使した。

私はウラシマが去っていった木々の合間にもう一度目を遣ってから、加狩集落に足を向けた。勇敢で心優しい宇宙飛行士に、せめて安らかな眠りと、できることならそう遠くない未来、喜ばしい目覚めがありますように。

*

横浜に戻った私はその翌日からパソコンに向かい、今回の顚末《てんまつ》を漏らさず文章にした。まずは完全な記録用のものを一つ。それから、ウラシマに関する情報を削除した公開用のものを一つ。

いくつかの内容は読む人間に強い不快感を与えるだろうし、いくつかの内容は私に不利益をもたらすかもしれない。それでも私は可能な限り真実を描写するように努め、記事にしてもらおうと考えていた。宇宙虫はカメラに映らなかったので、決定的な証拠を収めることはできなかったが、もし宇宙虫に悩まされている人間が読めばそうと分かるだろうし、書かれていることがなにかしらの助けになるかもしれない。

完成したファイルを送るとき、私は安那さんに一つだけ注文をつけた。どうかこの記事がフィクションかノンフィクションかは聞かないでください、と。

安那さんが不審に思ったのは間違いないが、少なくとも記事の出来には満足してもらえた。フィクションかどうかはあえてぼかす方向で、ブログに掲載される運びとなった。よければまた記事を書いてほしいとのことだったので、私は前向きに検討します、と答えた。

古戸さんはその執筆活動を面白がり、自分は自分で大量の文章を書いていた。そして私の記事と資料を加えて、わざわざ立派な装丁の本にした。

それからもう一つ、これは私も賛成してのことだが、お金をかけて作ったものがある。

後日石材屋から古書堂に、縦横五十センチほどの分厚い板が届けられた。御影石《みかげいし》の黒い表面にびっしりと刻まれているのは、複数の線が流れるように折り返す、地球のそれには似つかない言語だ。しかし唯一その末尾には、このメッセージを残し、今も加狩山で眠っているであろう存在の名前が、漢字二文字で記されている。

黒崎江治（くろさき・こうじ）

神奈川県出身。2013年の冬ごろに小説を書きはじめ、2016年から本格的な長編の執筆をはじめる。最初に読んだファンタジー小説は『ゲド戦記』。ホラー小説なら『リング』。本作でデビュー。

レジェンドノベルス
エクステンド
EXTEND

滴《てき》水《すい》古《こ》書《しょ》堂《どう》の名《めい》状《じょう》しがたき事《じ》件《けん》簿《ぼ》
眠《ねむ》れぬ人《ひと》の夢《ゆめ》

2020年1月6日　第1刷発行

［著者］ 黒崎江治《くろさきこうじ》
［装画］ Tamaki《たまき》
［装幀］ 坂野公一（welle design）

［発行者］ 渡瀬昌彦
［発行所］ 株式会社 講談社
〒112-8001 東京都文京区音羽2-12-21
電話 ［出版］03-5395-3433
［販売］03-5395-5817
［業務］03-5395-3615

［本文データ制作］ 講談社デジタル製作
［印刷所］ 凸版印刷株式会社
［製本所］ 株式会社若林製本工場

N.D.C.913 271p 20cm ISBN 978-4-06-518569-8